ÉTUDES DE RYTHMIQUE ET D'ESTHÉTIQUE

DE L'ÉLÉMENT PSYCHIQUE
DANS LE RYTHME

ET DE

SES RAPPORTS AVEC L'ÉLÉMENT PHONIQUE

PAR

Raoul DE LA GRASSERIE

DOCTEUR EN DROIT, JUGE AU TRIBUNAL DE RENNES, MEMBRE DE LA
SOCIÉTÉ DES GENS DE LETTRES, DE LA SOCIÉTÉ DE LINGUISTIQUE ET DE LA
SOCIÉTÉ DE LÉGISLATION COMPARÉE DE PARIS, DE LA SOCIÉTÉ
PHILOLOGIQUE DE LONDRES, DE LA SOCIÉTÉ ORIENTALE D'ALLEMAGNE.

PARIS
ALPHONSE LEMERRE, ÉDITEUR
Passage Choiseul, 27-31.

1892

ÉTUDES DE RYTHMIQUE ET D'ESTHÉTIQUE

DE L'ÉLÉMENT PSYCHIQUE

DANS LE RYTHME

ET DE SES RAPPORTS AVEC L'ÉLÉMENT PHONIQUE

PAR

Raoul de la GRASSERIE

DOCTEUR EN DROIT, JUGE AU TRIBUNAL DE RENNES, MEMBRE DE LA
SOCIÉTÉ DES GENS DE LETTRES, DE LA SOCIÉTÉ DE LINGUISTIQUE ET DE LA
SOCIÉTÉ DE LÉGISLATION COMPARÉE DE PARIS, DE LA SOCIÉTÉ
PHILOLOGIQUE DE LONDRES, DE LA SOCIÉTÉ ORIENTALE D'ALLEMAGNE.

PARIS

ALPHONSE LEMERRE, ÉDITEUR

Passage Choiseul, 27-31.

—

1892

Au Maître.

A Monsieur Alphonse DAUDET.

Hommage très respectueux de l'auteur,

Raoul de la Grasserie.

DE L'ÉLÉMENT PSYCHIQUE

DANS LE RYTHME

ET DE SES RAPPORTS AVEC L'ÉLÉMENT PHONIQUE

Nous avons dans d'autres études défini d'un côté la *poésie*, d'un autre côté le *rythme*, et établi que, quoiqu'il n'y ait pas coïncidence entre eux, le *rythme est le mode de réalisation* le plus naturel et le plus fréquent de la *poésie*. Ce serait une erreur de croire que le rythme est exactement à la poésie ce que la partie matérielle de tout art est à sa partie esthétique; cette distinction, qui à un examen superficiel semble vraie, ne l'est plus, si l'on va au fond des choses. *Il existe un rythme psychique*, aussi bien qu'il existe *un rythme phonique*; d'ordinaire *les deux se superposent et se confondent*, mais dans des cas exceptionnels, et en employant *certains réactifs artistiques*, on peut arriver à obtenir un *rythme purement psychique* et sans mélange, et aussi d'autres fois un *rythme purement phonique* où la pensée n'est pour rien dans l'effet produit.

Mais d'abord qu'est-ce que le rythme? Qu'est-ce que son élément phonique et son élément psychique? Par ailleurs, qu'est-ce que la poésie?

Commençons, dans ces définitions que nous ferons brèves, mais qui sont préliminaires et indispensables, par ce qui est le plus compréhensif, la *poésie*.

La *poésie*, ainsi que nous l'établirons mieux plus tard et en détail, est essentiellement, non point l'expression du sentiment, car elle exprime souvent aussi d'une manière saisissante la simple sensation, la volonté, la pensée, mais suivant l'étymologie de son nom κοιησις, une *création*; *toute œuvre d'imagination créatrice, en prose ou en vers, est une œuvre de poésie.*

Le *rythme est différent,* quoiqu'il serve d'ordinaire de réalisation à la poésie, et même toujours à certaines époques de l'évolution. Il consiste dans un *rapport voulu*, dans une *symétrie* et dans une *proportion*, soit entre les diverses parties successives des créations poétiques, soit entre les diverses parties de l'expression de ces créations.

L'essence et le rôle du rythme phonique sont plus faciles à saisir que ceux du rythme psychique ; commençons par eux.

Le *rythme phonique*, ou simplement le rythme (car c'est toujours de lui qu'il s'agit lorsqu'on emploie le mot *rythme* sans addition), consiste dans une *proportion* entre les mots, les syllabes, les sons qui forment le vers, ou la stance, ou le poème tout entier. Deux vers se suivent, je suppose que dans l'intérieur de chacun d'eux il y ait entre les deux hémistiches inégalité de nombre de syllabes ; si cette inégalité est reproduite dans le second vers et dans le même sens, le même dessin rythmique se reformera ; *l'inégalité interne* sera devenue une *égalité externe.* C'est ce qui arrive dans le décasyllabe français de la formule classique 4 — 6. Ailleurs, dans le vers hexamètre latin suivi du pentamètre pour former le distique, il y a aussi rythme par proportion : le second vers ici n'est pas symétrique au premier, mais l'*asymétrie* extérieure du pentamètre est rachetée par une asymétrie *égale* dans chacun de ces deux hémistiches vis-à-vis des deux hémistiches de l'hexamètre, de sorte qu'il y a rigoureusement proportion. Enfin les divers hexamètres latins qui se suivent dans un poème renferment un nombre différent de syllabes, mais ce nombre différent s'égalise par le poids, de sorte que tous les hexamètres parviennent à la même *durée temporale.* Partant, il y a entre les diverses coupures de phrases, les divers mots et les diverses syllabes, *non une identité,* mais tantôt *une proportion,* tantôt une équation. Les *proportions rythmiques* sont dans le rythme ce que les *proportions chimiques* sont en chimie.

Quelquefois le rythme ne se forme pas seulement de ces équations par équivalence, mais arrive à des identités, à des coupures égales, à des nombres égaux de toutes parts. Par exemple,

tous les vers se suivant sont des hexamètres, tous ces hexamètres ont le même nombre de syllabes et les césures à la même
place ; ou bien tous les alexandrins sont à rimes plates. Un tel
système cause une grande *monotonie ; les proportions rythmiques
sont préférables aux identités rythmiques.*

D'autres fois, au contraire, les proportions rythmiques
existent, mais sont plus *latentes,* et leurs points plus éloignés,
il faut pour les trouver une plus grande *attente de l'oreille,* il
semble qu'il y ait disproportion, désordre, et, en effet, cette
disproportion existe bien, mais *momentanée.* Par exemple, des
rimes se font attendre, n'apparaissant qu'après cinq ou six vers
qui finissent sur d'autres sons. Alors les proportions sont dissi-
mulées, mais n'en existent pas moins; nous avons défini
ailleurs cet état spécial d'harmonie que nous avons appelé
harmonie discordante, harmonie qui existe avec le même effet
dans *la musique.*

Tel est le rythme phonique : c'est essentiellement une proportion, une série de proportions entre les différentes parties du
langage, entre les mots et les syllabes qui lui servent de *substratum.*

Pour établir en relations proportionnelles ce *substratum,* ces
mots et ces syllabes, et former ainsi l'*hémistiche,* le *pied,* le *vers,*
la *stance* et le *poème,* le rythme agit à la fois dans le *temps* et
dans l'*espace.*

Le *temps* par des divisions identiques ou proportionnelles
de la phrase, des grandes et d'autres plus petites, est un des
cadres où le rythme constitue le vers et les autres unités rythmiques. C'est dans le temps qu'un hexamètre est exactement
semblable à un autre hexamètre, et que chacun de ces pieds
est égal à chacun des pieds de l'autre.

L'*espace* établit non plus des divisions égales, mais un *dessin
rythmique* semblable, ce qui est bien différent. Par exemple
les hexamètres latins qui se suivent n'ont pas le même dessin ;
si vous trouvez dans un de ces vers une brève à telle place,
vous rencontrez dans le vers suivant à la place correspondante
une longue. Au contraire, dans les vers alcaïques et saphiques,
non seulement il y a *équivalence temporale* entre les différents
vers, mais il y a aussi *dessin rythmique identique* : les brèves
et les longues réapparaîtront partout dans le même ordre.

Tel est le *rythme phonique* : il concerne l'*expression* de la création poétique. Son *substratum* est la *syllabe* ; le *temps* et le *lieu* sont les *milieux* où il agit sur celle-ci. Il consiste en une *proportion* dont les termes sont plus ou moins complexes, et par conséquent plus ou moins éloignés, se simplifiant jusqu'à une identité immédiate, ou se compliquant jusqu'à l'harmonie discordante.

Il est nécessaire d'insister sur ce dernier point et de bien préciser ce qu'est l'harmonie discordante, car elle joue un grand rôle dans le rythme, et tend à le transformer. Une comparaison avec la musique peut nous le rendre sensible.

En musique l'harmonie ne se réalise pas toujours immédiatement ; dans la musique moderne surtout on retarde souvent pendant un certain temps l'harmonie pour lui faire produire de plus grands effets après une attente. Une note est émise, une autre la suit ; si l'on s'arrêtait là, il y aurait désaccord absolu, musique fausse, absence de rythme ; l'oreille n'est pas encore blessée, mais elle est déjà anxieuse, elle souffre, elle éprouve quelque chose d'analogue à ce qu'est dans un ordre inférieur la sensation de la faim ; si cet état se prolongeait trop, il y aurait énervement, mais le musicien agit à temps, en émettant la note qui *résout le désaccord en un accord final*, désiré, cherché, et par conséquent d'autant plus sensationnel.

Dans la *rime plate* il y a *harmonie simple, immédiate* ; il y a, au contraire, harmonie *discordante*, plus exactement *différée*, dans les rimes *croisées*. Soit la formule ABAB. A la fin du second vers l'oreille attend la réapparition de A, elle rencontre un inconnu B, elle est surprise, elle souffre, mais lorsqu'elle retrouve A à la fin du troisième vers, elle est d'autant plus satisfaite.

A côté de l'harmonie simple et de l'harmonie discordante ou différée, il y a une autre harmonie, l'*harmonie renforcée*, où le rythme devient plus frappant et *sature* pour ainsi dire l'oreille. Prenons pour exemple le *ternaire* : c'est une strophe de trois vers semblables qui, quant aux rimes, suit la formule AAA, c'est-à-dire que les trois rimes y sont semblables, l'oreille est alors deux fois satisfaite, puisqu'il y a deux retours du même son.

Nous n'avons traité jusqu'à ce moment que de l'élément phonique du rythme, et c'est son élément *psychique* qui fait l'objet de la présente étude. Pourquoi ce hors-d'œuvre? Parce qu'on ne peut bien saisir les choses intellectuelles et idéales que lorsqu'on a décrit celles matérielles correspondantes. Maintenant passons à l'élément psychique du rythme, nous y retrouverons les mêmes linéaments.

Tout ce que nous venons de discerner dans l'expression de la création poétique se reproduit trait pour trait dans cette création même. Ici encore, *le rythme est proportion ;* la proportion s'établit, non plus entre les mots et les syllabes, mais entre les sentiments, entre les pensées. Seulement, comme les idées répondent aux mots, comme les pensées répondent aux phrases, l'élément psychique et l'élément phonique du rythme resteront solidaires, il sera généralement impossible de les détacher l'un de l'autre, et on arrivera le plus souvent à les confondre; ils n'en sont pas moins distincts.

Dans l'élément *phonique* le *substratum* du rythme était la *syllabe* (nous verrons que dans les poétiques primitives cependant, ce fut le *mot*), dans l'élément *psychique* le *substratum* sera l'*idée poétique.* Cette idée ne correspond pas exactement à la syllabe, mais au mot; il y a donc déjà ici un point où il n'y a coïncidence exacte entre les deux rythmes que dans les poétiques primitives où le rythme phonique avait aussi lui pour substratum non la syllabe, mais le mot.

Mais l'élément psychique du rythme agit comme l'élément phonique dans le double milieu du temps et de l'espace. La durée de la pensée se divise aussi bien et de la même manière que celle de son expression, et diverses pensées, diverses idées, peuvent être *symétriques* par leurs places aussi bien que différents vers.

De même l'*harmonie* entre les diverses idées, entre les diverses pensées poétiques, peut être, comme celle entre les diverses expressions, soit *immédiate*, soit *différée*, soit *redoublée*.

Enfin, de même que le rythme phonique, suivant la plus ou moins grande étendue de chacune de ses parties, comprend des unités de plus en plus compréhensives, le pied, le mètre, l'hémistiche, le vers, le distique, la strophe, enfin le poème, de même le rythme psychique comprend à son tour toutes ces unités qu'il organise suivant sa nature propre.

Presque toujours le rythme phonique et le rythme psychique sont intimement mêlés, et comme le premier est le plus tangible, il est seul *senti*. C'est ainsi que le *sonnet*, par exemple, est un poème tout particulier par son rythme tant phoniquement que psychiquement, mais ses particularités psychiques ne sont pas toujours *les mêmes* que les phoniques ; ainsi par exemple, celte règle qui lui est essentielle, la *gradation de l'idée* et le *trait final*, est toute *psychique*. De même dans le *pantoum*, l'alternance continue de deux idées est purement psychique, ainsi que la répétition de deux des vers de la strophe précédente dans la strophe suivante. Beaucoup des poèmes dits à forme fixe mettent à nu le principe psychique du rythme. C'est ce que nous verrons dans le cours de ce travail.

Nous ne voulons donner qu'un exemple d'un phénomène rythmique qui est tantôt purement psychique, tantôt purement phonique, tantôt à la fois psychique et phonique. Il s'agit de la *rime*. La *rime phonique* est bien connue : c'est la concordance de deux sons, abstraction faite de la signification des mots où elle se trouve. La *rime psychique* l'est beaucoup moins, elle consiste dans la répétition à des places symétriques du même mot qui n'étant pas situé aux fins de vers ne peut rimer ; elle se trouve dans le *rondeau* au moyen du mot qui forme le commencement de la pièce et qui doit se retrouver dans deux autres stances. La rime est *à la fois psychique et phonique* lorsqu'elle consiste dans la répétition du même son à des places symétriques, ce son étant reproduit par la répétition du même mot. Nous donnons cet exemple pour rendre tangible l'élément psychique pur ; mais il se rencontre ailleurs que dans la rime.

Il a même dominé et régné seul au commencement de l'évolution du rythme. Les pieds, les vers, les strophes *ne se rythmaient que psychiquement*, c'était le cas du *parallélisme* que nous décrirons plus loin et qui forma le terrain primitif dans l'histoire préhistorique du rythme. Il y avait *des vers de pensées* qui ne deviennent que bien plus tard *des vers de syllabes*.

Tels sont les *deux rythmes*, le rythme phonique et le rythme psychique se doublant ordinairement l'un par l'autre, le premier plus récent, mais ayant fini par absorber en grande partie le second, mais tous les deux sont bien des rythmes, c'est-à-dire des proportions. Ils correspondent au *rythme musical* et aussi au *rythme plastique* auxquels nous n'avons pas le loisir de les comparer ici, mais qui sont, eux aussi, des proportions et des symétries, non seulement dans leur mesure et dans le rapport de leurs lignes, mais aussi dans leurs autres éléments, dans leur sonorité, par exemple, et dans leur coloration.

Le rythme, soit phonique, soit psychique, et mieux le rythme à la fois phonique et psychique, est la réalisation soit de l'*expression* de la *pensée*, création poétique, soit de cette *création elle-même*, soit mieux, lorsque les deux sont réunis, de la création poétique et de son expression *à la fois*. Mais, de même que nous avons vu que la création poétique ne se réalise pas seulement dans le rythme, mais aussi dans le langage non rythmé, dans la prose, de telle sorte qu'il n'y a pas coïncidence nécessaire de la création poétique et du rythme, de même le rythme, de son côté, ne sert pas de réalisation seulement à la création poétique, à l'œuvre d'imagination, mais a aussi un rôle purement mnémonique, ce fut même à l'origine l'un de ses premiers emplois ; enfin il sert aussi d'*auxiliaire au rythme musical*.

Nous devions faire ces définitions un peu arides à l'entrée de notre sujet, au risque d'effrayer le lecteur, il faut d'abord bien décrire le terrain sur lequel on aura à édifier. Ce n'est d'ailleurs que peu à peu qu'on s'habituera à l'idée d'un élément psychique, non dans la poésie, ce qui va de soi, mais dans le rythme proprement dit, et qu'on en acquerra, à mesure que se déroulera notre tableau, l'idée claire que nous en avons.

Ce qu'il faut tout de suite s'efforcer de ne pas confondre ensemble, c'est la *poésie* elle-même, distinguée préalablement de la *versification*, et le *rythme purement psychique*. Rien pourtant d'aussi distinct et nous avons établi en quoi ils diffèrent. La poésie est le sentiment même et la pensée dans leur rôle créateur en simple puissance artistique, ce n'est qu'une matière idéale ; le rythme psychique est la réalisation de cette force, l'organisation de cette matière. Mais il faut dire aussi en quoi ils se touchent. Le rythme contient un *substratum* et le *double milieu* du *temps* et de l'*espace*, milieux qui entourent, pénètrent, divisent et moulent ce substratum ; le résultat de cette action est le rythme ; si le substratum est une syllabe, le rythme obtenu est phonique ; si le substratum est une création de sentiment ou de pensée, une poésie, le rythme est psychique ;

la *poésie*, en une formule, *est le susbtratum du rythme psychique.*

Nous nous arrêtons de peur de toucher à des abstractions, et redescendant à l'observation concrète dans une étude qui est au moins autant esthétique et littéraire que technique, nous étudierons successivement :

1° *L'élément physique* dans le *rythme*, tantôt pur, tantôt réuni à l'élément phonique ;

2° Les *actions et réactions réciproques*, les rapports entre *ces deux rythmes.*

PREMIERE PARTIE

DE L'ÉLÉMENT PSYCHIQUE DANS LE RYTHME

L'élément psychique dans le rythme comprend d'abord comme *substratum* la pensée poétique, la poésie elle-même, laquelle, sous l'influence des deux milieux, milieu du temps, milieu de l'espace, forme un véritable rythme, indépendant en principe des mots et des sons, mais ce rythme s'accomplit dans *plusieurs unités* de plus en plus compréhensives.

De même que le rythme phonique comprend trois unités principales : le vers, la strophe, le poème, et au-dessous du vers les unités inférieures, les sous-multiples, l'hémistiche, le mètre, le pied, de même le rythme psychique comprend : la période ou vers psychique, la stance psychique, le poème psychique. Au-dessous de ces unités formant les pensées poétiques plus ou moins complexes il y a la simple idée poétique qui correspond au mètre ou au pied.

Il faut donc distinguer, au point de vue des unités : 1° l'*idée poétique*; 2° *la pensée ou proposition poétique*; 3° *la strophe ou phrase poétique*; 4° *le poème*, ou la conception poétique dans son entier. Quelquefois le poème n'est qu'un agrégat de vers, et la strophe est supprimée.

Mais tandis que le rythme phonique suppose la prosodie qui appartient à la linguistique ordinaire, mais cependant subit dans l'adaptation l'influence du rythme, la psychique poétique suppose le *style*, lequel appartient aussi au langage commun, lequel subit pourtant des modifications au moment de son adaptation.

Nous traiterons séparément d'abord de la *pensée poétique*, puis du *style poétique*.

PREMIÈRE SECTION.
DE LA PENSÉE POÉTIQUE.

Par la pensée poétique prise dans un sens général nous entendons tout ce qui dans la poésie est autre que la forme, ce qui, par opposition, est le fond.

La pensée poétique renferme : 1° l'idée poétique, sous-unité ; 2° la pensée poétique, proprement dite, unité normale ; 3° la strophe psychique ; 4° le poème psychique.

PREMIÈRE UNITÉ.
LA PROPOSITION POÉTIQUE

(avec sa sous-unité : l'*idée poétique*).

La pensée poétique *lato sensu* ne comprend pas seulement la pensée proprement dite, œuvre de l'intelligence ; elle comprend surtout et plutôt le sentiment, la sensation, la volonté et d'autres éléments que nous allons décrire un peu plus loin.

L'étude du rythme de la pensée poétique comprend : 1° celle du *substratum*, de la pensée poétique en elle-même ; 2° celle du *temps* dans lequel elle se meut ; 3° celle du *lieu* dans lequel elle se meut, ou *harmonie*. C'est une division adéquate à celle que nous avons établie en poésie phonique.

PREMIER CHAPITRE.
SUBSTRATUM DU RYTHME DE LA PROPOSITION POÉTIQUE

Ce *substratum* est le *sentiment* qui est l'âme même de la poésie, *son être irréductible*. La poésie est le langage naturel du sentiment, comme le discours ordinaire est le langage de la pensée.

De même que la syllabe était le *substratum* de la rythmique phonique, mais qu'il fallait l'envisager : 1° dans son existence et son *nombre* ; 2° dans son *poids*, sa valeur ; 3° dans sa *sonance*, de même ici nous envisageons le sentiment poétique : 1° dans son *essence* ; 2° dans ses *qualités* ; 3° dans ses *directions*.

A. — Du sentiment poétique envisagé dans son essence.

Tout sentiment peut devenir *sentiment poétique*, mais ne l'est pas ; il ne faut pas seulement qu'il soit souffert ou joui ; il faut qu'il soit considéré dans sa souffrance ou sa jouissance, *qu'il se réfléchisse*. Il est un *retour psychologique* sur un sentiment qu'on vient d'éprouver à l'effet de l'exprimer.

Toute œuvre de poésie qui fait naître un sentiment vif ou profond, quels que soient ses défauts par ailleurs, n'est pas une œuvre nulle, mais seulement prématurée ou incomplète.

En poésie rien ne remplace le sentiment, et il peut par sa propre force suppléer à beaucoup d'éléments qui font défaut.

Le sentiment est *un mouvement* plus ou moins vif, il peut être *créateur du mouvement* ou *résultat du mouvement*. Cette différence nous fera comprendre la différence de l'émotion que peut produire la poésie et de celle que peut produire la musique. Le sentiment est un mouvement, la musique en est un autre ; *ces deux mouvements sont parallèles et indépendants*. Cependant le mouvement de la musique peut se trouver identique quant à sa direction, son intensité et sa rapidité, à celui de la poésie : il nous mettra alors l'esprit dans la disposition poétique correspondante. La musique n'émeut donc pas le sentiment par elle-même, mais par ressemblance des mouvements. Au contraire, la création poétique meut le sentiment d'une manière directe.

Le sentiment poétique n'est pas seulement le sentiment proprement dit, c'est plutôt l'émotion, la mise en mouvement de l'état psychique d'une manière rythmique. Or, l'état psychique dépend de la situation de toutes les facultés cérébrales, non-seulement celle de sentir, mais celle de comprendre, celle de vouloir, et aussi celle de voir, d'entendre, de palper. La pensée ou sentiment poétique comprend donc : 1° le *sentiment proprement dit* ; 2° la *pensée* ; 3° la *volonté* et l'action ; 4° la *sensation instinctive* ; 5° la *vision* ; 6° le *tact* ; 7° l'*ouïe*. La poésie fait appel tantôt à l'une, tantôt à l'autre, tantôt à plusieurs à la fois, quelquefois à toutes.

Dans le *drame*, par exemple, c'est surtout la *volonté*, l'*action* qui est excitée ; dans l'*ode*, c'est le *sentiment* ; dans la *poésie descriptive*, la *vision* et le *tact*.

Ces éléments mêmes se dédoublent. C'est ainsi que la *vision* comprend l'*intuition* et l'*imagination* ; la *pensée* comprend l'*invention* et la *mémoire*.

Dans la *poésie narrative*, il s'agit surtout d'actions racontées, de faits humains, d'hommes vus et entendus.

Mais il faut que ces pensées et ces sentiments soient rythmiques pour être poétiques. Le sentiment, ou plutôt la sensation violente, désordonnée, immédiate ne le serait pas, ce qui revient à dire qu'il faut qu'à un degré quelconque le poète soit assez maître de lui pour s'observer et s'analyser. On exprime poétiquement bien mieux ce qu'on a senti, ce qu'on a vécu, que ce qu'on vit actuellement, parce que les mouvements passionnels moins intenses ont pu devenir rythmiques. C'est pour cette raison que, dans un âge plus avancé, on peut parfaitement exprimer les sensations et les passions d'un plus jeune âge.

C'est le sentiment proprement dit qui doit dominer, et cependant les autres éléments peuvent aussi se retrouver seuls. Le plus vif et le plus universel des sentiments est certainement l'*amour*. Eh bien ! toute une littérature a eu l'idée incroyable de croire que pas une œuvre poétique n'était possible sans une intrigue amoureuse qui servit de lien aux autres sentiments, même aux pensées ou aux vouloirs exprimés. Il en résultait l'expression d'un amour de plus en plus affaibli, puis de pure forme. Or, cet amour prit presque toujours la place de l'amour vraiment passionnel, de sorte qu'en universalisant l'expression de ce sentiment on la détruisit. Les plus belles productions de l'esprit ont été faites sans immixtion de l'amour : *Athalie*, *Macbeth*, le roi *Lear*, le *Paradis Perdu*. Cependant, comme l'amour est le sentiment supérieur et en même temps le plus naturel, il est capable de produire de plus grands chefs-d'œuvre, mais là où il est, il doit être le maître, il doit rester seul, sous peine de créer une littérature fade et énervée, où on l'introduirait à la dose de l'impuissance. Ce préjugé de l'intrigue amoureuse nécessaire commence à disparaître.

Mais il en est un autre plus enraciné d'après lequel le seul *substratum* de la psychique poétique est le *sentiment proprement dit*, ou bien encore le *côté visuel* ou *plastique* ou *euphonique* de choses, mais jamais ni la *sensation latente*, ni surtout la *pensée*. La description si poétique de la sensation latente et instinctive domine actuellement le roman, mais ne fait que pénétrer un peu dans la poésie. Mais ce qui est plus grave, l'exclusion de la pensée est absolue ; en d'autres termes, on rejette la poésie dite *philosophique*. On repousse aussi au même titre la poésie *satirique*, à moins qu'elle ne soit enveloppée dans la représentation scénique.

Cette exclusion tient à des causes que nous avons déjà signalées. Tout *le côté fluide de la poésie* tend à se rapprocher de la *musique; le côté solide* (et la pensée, l'ironie comprise, est de ce côté) tend à se *solidifier* complétement en *prose*. C'est ainsi que la pensée est expulsée peu à peu de la poésie, la pensée satirique surtout, dont la forme, ou négligée ou abrupte, est incompatible avec la forme très parfaite et mélodieuse qu'on exige du vers. On ajoute que la prose est particulièrement faite pour la pensée, qu'entre celle-ci et le sentiment il n'y a rien de commun. C'est une erreur : une grande partie des vers de Victor Hugo, les vers cornéliens, sont faits de pensée.

Mais ces erreurs tiennent à une autre plus générale qui est la cause de toutes. On méconnaît souvent la destination vraie de la versification. Celle-ci serait faite uniquement pour exprimer le sentiment par des moyens euphoniques. Rien de plus inexact que cette conception bornée. Telle n'est point la destination du vers. Pour s'en convaincre il n'y a qu'à interroger son histoire. *Le premier vers fut un vers didactique;* même le premier *épique, narratif,* est didactique au fond, il est tout au moins *mnémonique.* Chez tous les peuples, le vers d'abord fut la seule forme de l'histoire, il fut aussi celle des notions seules connues de la science; *les mois et les jours d'Hésiode,* et comme imitation les Géorgiques de Virgile en sont des preuves. *Le premier vers fut donc non un vers de sentiment, mais surtout un vers de pensée.*

Pourquoi fut-il tel? Lorsque l'écriture était inconnue ou peu connue, la mémoire seule dut tout conserver. Elle chercha un *moyen mnémonique;* ce moyen était dans *la cadence du vers,* tantôt dans son rythme, tantôt dans sa rime. Lorsque les moyens graphiques furent trouvés, le moyen mnémonique devint moins utile, et on employa le vers à l'expression du sentiment.

Ce n'était pas seulement par son rythme ou sa rime que le vers était mnémonique, mais par une autre qualité, celle-ci toute psychique. Le vers a pour résultat de resserrer, de condenser la pensée : cette condensation peut se faire à la plus haute pression, de telle sorte que les vers deviennent des adages, des *proverbes*. Du reste, le proverbe dans sa forme concise, allitérante, presque rimée, tient beaucoup du vers lui-même. Certains vers sont devenus ainsi de véritables proverbes : *una salus victis*, etc. ; *mais aux âmes bien nées*, etc. Le vers exprime par sa concision l'ironie, la satire, toutes les pensées, mieux que ne pourrait le faire un chapitre entier de prose. C'est de la *pensée comprimée*. Il comprime aussi le sentiment, l'exprimant par quelques mots énergiques, mais moins souvent ; le sentiment a besoin de plus d'expansion : il doit se comprimer souvent, mais non toujours.

Comment se fait-il que le vers ait, à côté de sa fonction d'*exprimer le sentiment*, celle de *condenser la pensée* ? C'est que le vers est le *langage naïf, primitif, émotionnel* ; il a conservé la proposition brisée, tandis que la prose se façonnait aux longues périodes. Il est resté un *langage sensitif*, même lorsqu'il s'appliqua (et il s'y appliqua tout d'abord) à la pensée. *Par là même il dut convertir la pensée en sentiment*. Et comment cette conversion se fait-elle ? Précisément par la *condensation*.

La pensée resserrée dans une expression concise, substantielle, *avec exclusion des mots techniques*, comme cela se fait dans la versification, devient un sentiment ; ce qui lui arrive dans la forme du proverbe lui advient aussi dans celle du vers ; elle se fait assimilable à tous ; or la pensée ne se vulgarise, ne s'assimile à tout le monde qu'après sa conversion préalable en sentiment.

Le vers n'exprime donc la pensée que d'une manière indirecte, en la convertissant en sentiment, et la conversion a lieu par la condensation dont la versification est le puissant instrument *Le sentiment qui s'extrait de la pensée* n'est pas moins intense et précieux que celui qui *s'extrait des sensations*. L'exclusion de la pensée du domaine de la poésie est donc tout à fait injuste.

Par contre, une autre école a voulu exclure de la poésie *le sentiment lui-même*, lui substituant *la sensation* et faisant résulter cette dernière de la *vision*, de l'*audition* et de la forme *tactile* des objets eux-mêmes. D'abord un tel système ne peut s'appliquer à la narration des faits humains qui ne sont pas des objets proprement dits. Puis, en ce qui concerne ceux-ci, les objets ne peuvent fournir que ce qui est en eux, ils donneront bien les visions, les auditions et les impressions *plastiques* lesquelles à leur tour feront naître des *sensations*, lesquelles sensations dégageront à leur tour des *sentiments* ; mais de cette génération lointaine ne naîtront que des sentiments quelque peu affaiblis, que des sentiments d'ailleurs purement *objectifs*, que des rayons partant des objets que le prisme subjectif aura à peine déviés et modifiés. Il y a autre chose dans les *passions* de l'homme : *des éléments qui partent de lui-même*, c'est-à-dire de son cœur et de son âme, de son sentiment spontané et de sa pensée, en un mot *des impressions subjectives venues du dedans et qui se croisent avec les objectives venues du dehors*. Sans doute les impressions du dehors nourrissent celles venues du dedans qui ne se renouvelleraient pas, deviendraient uniformes, et périraient sans les premières ; mais c'est une erreur de ne pas apercevoir la double source.

Les pensées ou idées poétiques sont donc : 1° *venant du dehors*, les *visions*, les *auditions*, la *forme* des objets ; 2° *venant du dedans*, les *pensées*, les *vouloirs*, les *sentiments* ; 3° *venant à la fois du dedans et du dehors*, les *sensations*, les *intuitions*, l'*imagination*, les *instincts*.

Les auditions, les formes tactiles des objets pour entrer dans le *courant poétique* se transforment en *visions*.

Les pensées, les vouloirs, pour y entrer à leur tour, se transformeront en *sentiments*.

Enfin les intuitions, les instincts se transforment en *sensations*. L'intuition ou imagination correspondant à l'intelligence et à la vue est une vue spontanée sans objet présent, même (l'intuition) sans objet passé. L'*instinct* correspondant à la volonté et à la forme est un *tact spontané*.

Il reste donc comme transformations définitives des éléments élaborés, d'un côté le *sentiment*, d'autre la *vision*, d'autre l'*imagination*.

Faut-il analyser plus complétement les sentiments, les visions, les imaginations et aussi les autres éléments sus-énoncés qui forment le *substratum* de la poésie ? Ce serait une étude très intéressante, comme par exemple celle des diverses passions, de leur mélange et de leur degré esthétique. Mais ce serait empiéter sur le domaine de la psychologie.

Retenons seulement que la *pensée*, la *volonté*, le *sentiment* sont des éléments de la poésie du *côté subjectif*, que la *vision*, l'*audition* et la perception de la *forme plastique* sont des éléments du *côté objectif*, et que l'*instinct*, la *sensation* et l'*imagination* sont à la fois *du côté subjectif et du côté objectif*.

Enfin c'est le sentiment qui est *le réservoir définitif* où tous ces éléments viennent se confondre pour pouvoir *s'assimiler* à nous sous la forme poétique.

B. — *Du sentiment poétique envisagé dans son poids ou dans ses qualités.*

Le sentiment poétique, quel qu'il soit, et d'où qu'il dérive, qu'il soit le résultat de la *condensation de la pensée*, ou la *sublimation de la sensation*, ou la *résultante* éloignée *de la vision*, peut avoir des qualités différentes, d'abord *suivant ses origines diverses*, puis *suivant son plus ou moins d'individuation*, puis *suivant son degré de condensation*.

a). — *Suivant la différente origine, et les divers points de vue.*

A ce point de vue le sentiment poétique peut être ou *objectif*, ou *subjectif*, ou *à la fois objectif et subjectif*.

Nous venons d'expliquer ces termes ; nous avons classé les sentiments ou plutôt les éléments poétiques dans chacune de ces catégories.

Mais nous n'avons fait cette classification qu'en passant, et si l'on veut l'approfondir, on remarquera que les objets qui procurent les visions, les auditions, les impressions de forme plastique sont des *objets matériels*, et qu'en dehors des objets matériels, réels, il en est d'*irréels*, d'immatériels, les *faits hu-*

mains *accomplis*. Toute la *poésie narrative*, toute la *dramatique* reposent sur le fait humain.

Le fait humain est-il subjectif ou objectif ? Il n'est pas *subjectif individuellement* au poète qui écrit, il est *subjectif au genre humain*, puisque le fait humain est dans les personnes humaines et non dans les choses. Mais il est *envisagé objectivement*. Lorsque je décris un objet, je fais *abstraction de moi-même*, je m'attache à décrire l'objet exactement, et de plus à exprimer l'impression qu'il peut donner, je ne dois rien y ajouter de moi, ni non plus des pensées générales humaines, autrement je fausserais mon tableau qui est un portrait. De même lorsque je raconte un fait humain, je le décris, comme je le ferais d'une chose étrangère à moi, *je sors de moi-même*, je pouille la peau du personnage ; autrement, et si à sa pensée je substitue la mienne, je suis un narrateur infidèle ; comme en toute matière objective, l'auteur doit être transparent, et à travers lui on ne doit voir que l'objet ou le fait.

L'action humaine rentre donc dans le domaine objectif *par la manière dont on le considère*.

Cependant il est en lui-même subjectif puisque les faits humains sont communs à tous les hommes et par conséquent à l'auteur.

Pour être plus exact, il faut donc *modifier notre classification de tout à l'heure* ainsi qu'il suit :

Les éléments de la poésie sont *subjectifs*, ou *objectifs*, ou *mixtes*, soit *en eux-mêmes*, soit *d'après le point de vue* auquel on les envisage.

1° *D'après leur nature* sont *objectifs* : les *objets matériels*.

Sont *subjectifs* : les *facultés humaines* (l'homme).

Sont *subjectifs-objectifs* : les *faits humains*.

2° *D'après le point de vue* auquel on les envisage,

Sont *objectifs* : les *visions*, les *auditions*, les *impressions* de forme *plastique* formant *description* ou *narration* ou réflexion, suivant qu'il s'agit d'*objets*, ou de *faits*, ou de l'*esprit humain*.

Sont *subjectifs* : les *pensées*, les *vouloirs*, les *sentiments* formant aussi description, narration ou réflexion, suivant la distinction ci-dessus.

Sont *subjectifs-objectifs* : les *imaginations* ou *intuitions*, les

2

sensations et les *instincts* formant aussi *description, narration* ou *réflexion* suivant les mêmes cas.

Nous venons de dire que dans la poésie objective le poète fait abstraction de lui-même, qu'il n'est qu'un transparent ; que dans la subjective, au contraire, c'est lui-même qu'il montre au public, et qu'on le voit constamment et personnellement en jeu. Aussi la poésie purement subjective lasse-t-elle très vite l'auditeur et elle a tous les inconvénients du *moi* haïssable.

La poésie subjective, par la force des choses, est presque exclue du poème et du drame, mais domine dans la poésie lyrique, et c'est ce qui fait la faiblesse de celle-ci ; l'auteur y reste trop à découvert, et d'ailleurs le subjectif pur, lorsque l'objectif ne vient plus le renouveler, manque de variété et de nutrition.

Dans l'*évolution historique*, c'est la *poésie objective qui commence* ; elle règne dans le poème épique; les auteurs mêmes sont inconnus ou anonymes; plus tard la poésie subjective prend le dessus, mais alors la poésie s'épuise vite, surtout lorsque, comme nous le verrons, le caractère de l'*abstrait* s'ajoute à celui de l'*objectif*; enfin, une régénération se fait par la reprise de l'élément objectif qui tend de nouveau à devenir le seul : c'est ce qui a lieu de nos jours par l'apparition de l'*école réaliste*, qui est, en réalité, une *école objective*.

La vérité et la perfection seraient dans le mélange des deux éléments. Il y a partout pour nous dans la nature ce que celle-ci met et ce que nous mettons. Dans quelle proportion doit se faire le mélange? Nous croyons que l'élément objectif doit dominer, de même que la nature matérielle est la plus nombreuse, forme le fond et le *substratum* de l'esprit, mais que l'élément subjectif qui le meut ne doit pas être banni, bien plus, ne doit pas être la simple résultante de l'élément matériel, mais conserver son action indépendante et propre.

Ce mélange du subjectif et de l'objectif est très important. Suivant qu'on exclut l'un ou l'autre des éléments, on appartient à l'école *classique-romantique* (nous verrons plus loin que cette école ne se divise que sur un autre point) ou à l'école *parnassienne-réaliste*. D'après l'une, le subjectif est tout, ou presque tout; d'après l'autre, il n'existe que l'objectif; il suffit de peindre exactement et avec une ressemblance frappante ce qui existe, l'idéal est banni. Nous croyons que toutes ces *exclusions* sont injustes, et qu'il doit y avoir *mélange*, mais dans la *proportion exacte de la nature elle-même* où les éléments les meilleurs sont les plus rares, où les visions et les auditions pullulent, où les sensations sont encore très nombreuses, les sentiments beaucoup moins, les pensées exceptionnelles. *Renverser cette proportion, c'est donner à la poésie une composition factice.*

Quand il s'agit du fait humain, l'objectif a une application particulière. Il consiste à prendre entièrement les idées, les sentiments, le caractère des personnages qu'on fait agir, et à faire abstraction des siens propres ; nous verrons que cette incarnation doit projeter ses effets jusque sur le style même. C'est peut-être, quand il s'agit des faits humains, qu'il devient plus nécessaire de diminuer l'élément subjectif.

b). — *Suivant le plus ou moins d'individuation.*

C'est l'*individuation* qui rend les êtres et aussi les sentiments *plus vivants.* Tout ce qui est général est beaucoup moins sensible.

A côté de la distinction entre le *subjectif* et l'*objectif* se trouve donc celle entre l'*abstrait* et le *concret.*

Le *concret* est l'*individuel.* Par exemple, les pensées propres, concernant mon caractère seul, mes *idiosyncrasies*, sont concrètes, elles n'appartiennent qu'à moi, et comme le moi est essentiellement subjectif, on a ici du *subjectif concret.*

S'il s'agit, au contraire, de sentiments que je possède, mais en commun avec tous les autres hommes, et dans le même mélange et la même proportion, l'individuation disparaît ; comme il s'agit d'un homme, on a encore du *subjectif*, mais cette fois du *subjectif abstrait.*

De même, si je décris telle maison, tel arbre, qui ont de nombreux caractères particuliers que je ne trouve pas dans les autres maisons, dans les autres arbres, ou que j'y découvre dans des mélanges tout autres, j'ai du concret : l'objet se personnifie presque ; et comme il s'agit d'un objet autre que moi, j'ai de l'*objectif concret.*

Si, au contraire, je décris une maison, en général, en tant que maison, un arbre, en général, sans distinguer quelle espèce d'arbre, ou un chêne, abstraction faite de sa hauteur, de sa situation, de son âge, etc., j'ai de l'abstrait, et ici de l'*objectif abstrait*.

La division en *abstrait* et *concret se croise* donc avec celle en subjectif et en *objectif*.

M. Tai e a remarqué avec raison que toute l'école *classique* a fait de la *poésie purement abstraite*. On y décrit, par exemple, un arbre, en général, sans indiquer à quelle essence il appartient, un chêne, en général, sans désigner ses caractères individuels ni sa situation. En ce qui concerne le fait humain, on peignit les Grecs et les Romains comme des Français, ou plus exactement encore comme des hommes en général. Or, l'arbre, en général, l'*homme, en général*, n'existent pas, ce ne sont que des *êtres fictifs*, des êtres de raison, abstraits.

La peinture de l'être abstrait ne saurait intéresser vivement ni produire une profonde émotion. Ce qui nous entoure, ce ne sont pas des êtres abstraits, ce sont des individus, des objets individuels, des choses individuelles. *L'être concret est vivant; l'être abstrait est mort*, ou plutôt n'a jamais vécu.

Dans la littérature actuelle on a mis cette leçon à profit. En effet, la littérature abstraite s'est vite épuisée, elle s'est rongée elle-même faute d'aliments, et quand on a décrit l'arbre, en général, ou l'homme, en général, et même l'ambitieux, en général, l'avare, en général, que reste-t-il? Rien. Il faut revenir au même homme, au même avare, au même ambitieux. Au contraire, les êtres concrets non seulement intéressent et impressionnent davantage, mais de plus ils sont inépuisables. Aussi décrit-on aujourd'hui avec raison les hommes, les faits et les choses les plus particuliers possible, avec toutes les circonstances et dépendances qui les individualisent complétement. Bien plus, on prend souvent pour type une personne qu'on a connue, qu'on fait poser moralement, et on peint même les impossibilités apparentes, les contradictions, les idiosyncrasies de son caractère. Shakespeare l'avait déjà compris, et c'est ce qui donne peut-être la clef de son *Hamlet*, autrement inexplicable.

De même, lorsque l'auteur, devenant subjectif, se décrit lui-même, s'il se décrit avec ses particularités, ses singularités, il nous touchera cette fois plus vivement, quoique nous n'aimions pas le moi, parce qu'il nous présente alors un être bien réel, bien vivant. Puis son subjectif devient, en un sens, objectif, parce qu'il se peint alors comme il peindrait un autre individu.

Tout à l'heure nous confondions l'école *romantique* et la *classique*, en ce que toutes les deux sont des *écoles subjectives*, par opposition aux écoles *réaliste* et *parnassienne* qui sont *objectives*. Mais l'école classique et la romantique se distinguent à leur tour l'une de l'autre en ce que la première est *abstraite*, comme nous venons de l'expliquer, et la seconde *concrète*.

c). — *Suivant le degré de condensation.*

La pensée poétique peut être plus ou moins *resserrée*. Son resserrement la rend plus frappante, mais l'éloigne quelquefois de la réalité.

Dans l'école ancienne, la condensation de la pensée poétique est modérée; dans l'école française actuelle des parnassiens elle se fait à outrance.

Mais d'abord que faut-il entendre par *condensation?*

Pour donner une plus grande force à la pensée, et en même temps pour éviter sa vulgarité, soit au fond, soit dans l'expression, pour éviter les épithètes oiseuses et les vers lâches, on a pensé qu'il fallait accumuler dans un vers le plus d'idées poétiques, le plus de sentiments, le plus d'images possible. Aussi les productions de maint poète contemporain doivent-elles se lire très lentement, sans quoi l'esprit ne pourrait passer vite d'une image à l'autre, d'une sensation à l'autre, car chaque mot doit porter, renfermer au moins un détail important. Ce système a du bon, il *retranche* tout l'inutile, le remplissage, et par conséquent le *banal*.

Dans la poésie précédente, au contraire, dans laquelle le tissu était plus lâche, il se glissait des idées faibles dans les interstices, l'attention était mal éveillée, le sentiment se trouvait très dilué, et il fallait souvent trois ou quatre vers pour dire moins bien ce qu'on exprime énergiquement et complétement en un seul.

Dans cette comparaison il semble que le choix est fait; le sentiment compact, pressé, sans intermission, n'est-il pas préférable? Oui, mais il a ses inconvénients. En ne présentant que *l'essence des choses*, non les choses elles-mêmes dans leur distribution et leur séparation naturelles, on ne laisse pas à l'esprit humain les repos qui lui sont nécessaires, on force et l'on fatigue son attention, on fait quelque chose d'analogue à ce que ferait celui qui ne verserait le vin que sous forme d'alcool. Il faut une certaine *dilution* des sentiments pensés par un autre pour qu'ils nous soient assimilables. Sans doute, cette dilution ne doit pas être trop étendue, ce qui est le défaut du système contraire.

Ce resserrement et cette accumulation dans le plus petit espace possible des images successives empêche précisément de voir bien l'objet dans son ensemble, d'en aspirer l'impression totale, parce que l'esprit s'applique trop à *suivre* attentivement et sans repos le poète de *détail en détail*. L'intermission ordinaire laisse le temps à l'impression totale, à la vue synoptique de se former.

Tels sont les différents points de vue, les diverses qualités de la pensée poétique.

C. — *Du sentiment poétique envisagé dans ses directions.*

Nous n'avons pas à faire l'énumération ni la classification des divers sentiments poétiques, cela appartient à la psychologie.

Mais nous devons indiquer leurs directions.

Ces directions sont les mêmes que les principaux courants des passions.

Les passions humaines ont trois directions différentes : 1° les *passions attractives*, 2° les *passions répressives*, 3° les *passions agressives*.

Dans les premières se rangent d'abord l'amour, puis le désir, l'espérance, le bonheur, le repos.

Dans les secondes on trouve la haine, la tristesse, la crainte, l'ennui.

Dans les troisièmes, la colère, la vengeance, l'ironie.

Le sentiment poétique suit l'une ou l'autre de ces directions, suivant les cas. De là la différence profonde entre la *comédie* et la *tragédie*, entre la poésie *satirique*, la poésie *élégiaque* et l'*idyllique*.

C'est le mélange de ces sentiments qui forme la variété et le charme de la poésie.

Ce sont ces directions, ces couleurs, ces timbres divers de la poésie qui sont à sa psychique ce que la sonorité différente des syllabes est à sa partie phonique.

DEUXIÈME CHAPITRE.

DE L'ÉLÉMENT TEMPS DANS LA PSYCHIQUE POÉTIQUE

Le temps est *un des milieux* où se meut la pensée poétique, comme tous les autres êtres, réels ou abstraits; l'*autre milieu* est le *lieu*. Il exerce son influence sur cette pensée.

Nous avons déterminé dans une précédente étude quelles sont les divisions du temps dans la versification ; elles y sont marquées par des *arsis*, c'est-à-dire par des *ictus* plus ou moins énergiques, suivant qu'il s'agit d'une division principale ou d'une subdivision.

Dans l'élément psychique, le temps et ses divisions sont des éléments moins saisissables, parce qu'ils se mêlent d'ordinaire à leurs correspondants phonétiques.

Mais quelquefois ce mélange n'a pas lieu, et c'est alors qu'on peut bien les étudier.

Dans la *prose rythmée*, lorsqu'elle est le seul instrument qui exprime la poésie, apparaît très pure la *cadence psychique elle-même*, ses rapports avec le temps et avec les divisions de celui-ci.

Alors il y a des pensées qui sont toutes à peu près de la *même longueur* et qui sont partagées par le *même nombre de divisions*. C'est ce qui a lieu dans les versets des livres historiques de l'Ancien Testament.

Chaque pensée compte un certain nombre d'idées, ou ce qui revient au même, chaque proposition compte à peu près le même nombre de mots. Il n'est pas question des syllabes qui sont des éléments phoniques. La coupure interne de chacun en deux membres simule parfaitement l'hémistiche.

Et Dieu dit que la lumière soit | et la lumière fut ;
Et Dieu vit que la lumière était bonne | et il la sépara des ténèbres.

Nous trouvons dans le premier chapitre de la Genèse jusqu'au refrain psychique :

Et le soir fut et le matin fut le jour premier ;
Et le soir fut et le matin fut le jour deuxième.

Nous avons donc ici le *vers psychique*, l'*hémistiche psychique.*

Nous verrons que lorsque l'élément phonique du vers et ses divisions temporales coexistent, il y a souvent coïncidence, il y a aussi quelquefois *dissidence* entre les coupures de temps psychiques et les coupures phoniques ; c'est ce que nous observerons plus loin en traitant de la césure.

Ici il importe de rechercher comment la poésie fut d'abord toute psychique, et comment elle s'incarna peu à peu dans la versification.

Nous venons d'indiquer le point de départ, le vers tout psychique formé par les divisions du temps entre lesquelles se distribuaient les mots, c'est-à-dire les idées.

On a, à ce point de l'évolution, la prose rythmée susdécrite, la prose biblique. Comment devient-elle la versification proprement dite ? En d'autres termes, comment aux divisions psychiques viennent se joindre des divisions rythmiques du temps ?

Ce passage peut s'observer en comparant les versets de la Bible des livres historiques à ceux contenus dans les livres poétiques. Dans ces derniers le vers vient à se resserrer davantage en deux parties d'une longueur de plus en plus égale. *De là un distique.* Quelquefois il se partage en *trois parties* qui forment *un tristique.*

Du *même nombre de mots* dans chaque phrase on passe insensiblement, les mots ayant des longueurs différentes, au même *nombre de syllabes*, et alors le *vers primitif*, le vers *par comput des syllabes* est né.

Comment cette transition se fit-elle ?

En hébreu, par exemple, et en arabe, elle est très facile. Les racines ont la même longueur, sont trisyllabiques, si l'on compte le schewa terminal ; ils croissent seulement par les préfixes et suffixes. Il est donc aisé de composer un vers qui *ait à la fois le même nombre de mots et le même nombre de syllabes.* On comprend par là que le passage au second système plus perfectionné ait été insensible. Il en est ainsi dans toute langue non flexionnelle, c'est-à-dire où les affixes ne se fondent pas entre eux ni avec la racine.

De la prose rythmée par nombre de mots, soit égal, soit proportionnel, on est passé naturellement à celle rythmée par nombre de syllabes, mais cette dernière n'est plus de la prose, est déjà un vers.

Le comput des mots est si naturel qu'il forme le *rythme spécial de la prose*. Il est défendu, au point de vue de ce rythme, de faire en prose des phrases non cadencées, c'est-à-dire *manquant du centre de gravité*, d'équilibre. C'est à ce point de vue qu'un membre de phrase très long ne pourra être suivi d'un membre de phrase très court : ce manque de proportion choque l'oreille. De là la *période oratoire*, où souvent on donne le poids, nécessaire à l'équilibre pour la satisfaction de l'oreille, par des épithètes vaines et creuses. Bien plus, le rythme de la prose exige qu'un mot très court ne suive pas un autre très long, permettant, au contraire, la situation inverse ; par exemple, on ne dira pas : *un interminable jour*, mais on dira mieux : *un jour interminable*, parce que le poids, d'après les règles de l'accentuation française, doit se trouver à la fin. Ainsi déjà dans la prose on *compte* les mots et même on les *pèse*.

Ainsi dans la prose rythmée on les a comptés, puis on les a pesés, et les peser a conduit à les mesurer, car leur poids dépend surtout de la mesure, et ils se mesurent par le nombre de syllabes, ce qui conduit au comput syllabique.

Dans la versification arabe nous verrons ailleurs qu'on a commencé aussi par les mots entiers, mots qu'on n'a pas comptés seulement, mais qu'on a pesés, d'abord par à peu près, ce qui explique l'*ad libitum* de certains procédés arabes, puisqu'on a rempli le vers d'une même quantité de mots de même poids, ou plus exactement d'une même quantité de mots de certains poids déterminés. Ensuite, allant plus loin, on a passé peu à peu des mots eux-mêmes aux syllabes qui déterminaient le poids.

Dans la versification sanscrite primitive on a probablement suivi les mêmes errements, mais dans une période préhistorique restée inconnue ; à l'époque avestique et védique, on en est au comput des syllabes.

Comment du simple comput des   ''abes qui suffit pour constituer le vers primitif et auquel se re.   ira plus tard le vers dans sa dégénérescence on passe à la valeur relative de ces syllabes, accent ou quantité, nous l'examinons ailleurs, car c'est une évolution du vers déjà pleinement constitué. Mais ce qu'il faut encore déduire de la théorie précédente, c'est l'*origine du pied*.

Nous sommes étonnés dans la versification sanscrite de rencontrer à l'origine des pieds nullement formés de deux syllabes, c'est-à-dire d'une *arsis* plus une *thesis*, mais, ce qui déroute nos idées, de trois, quatre et cinq syllabes, dans lesquelles deux ou trois longues semblent tour à tour *inviter* l'*arsis* à se poser sur elles. Peu à peu ces pieds s'éliminent et cèdent la place à des pieds de deux syllabes qui nous semblent familiers. D'autre côté, ces pieds renferment des brèves et des longues réparties de toutes les manières.

L'explication serait simple et nous la donnons plus loin, en partant de cette idée du *pied purement symétrique*, c'est-à-dire n'ayant pour but que d'établir çà et là un *dessin rythmique pareil entre deux vers*, sans marquer en même temps les *divisions du temps*. Mais on rencontre une objection. Supposons que pour établir ce dessin rythmique, l'oreille ait voulu que chaque vers finit par ⏑ — — —, comment distinguer s'il y a deux pieds ⏑ — + — — ou un seul ? Si les Indiens n'y voient qu'un seul pied et jamais deux, c'est qu'ils avaient des raisons pour cela ; et en présence de pieds inégaux composant le vers, la raison ne peut être que celle-ci : on a pris d'abord pour type un mot entier dont la quantité était marquée ⏑ — — — ; plus tard cette quantité, au lieu de se trouver en un seul mot, put se rencontrer en plusieurs, mais la réunion quantitative continua à former le même agrégat.

La même évolution se rencontre dans la métrique arabe. Les Arabes désignent encore leur pied par certains mots : le pied *ma fâ ilon*, le pied *mafâalaton*, le pied *fâ ilon*, etc., ce qui indique bien qu'à l'origine c'étaient des mots de tel nombre de syllabes et de telle quantité qui devaient se placer à telle place du vers.

Telle est bien l'origine du pied. *Il ne devient que plus tard une mesure du temps.* Il n'est d'abord qu'un instrument de *concordance du dessin rythmique*. Il reste l'image du mot entier qui remplissait cette fonction.

Le pied est le mot rythmique substitué peu à peu au mot

lexiologique, mais qui en dérive par une évolution naturelle, ce qui seul explique l'existence et l'antiquité des pieds les plus compliqués qui semblent réfractaires à leur fonction d'*arsis* et de *thesis*.

Le *parallélisme* a été le *point de départ* ; nous l'avons déjà décrit, il forme la *division temporale* de la pensée, il forme le *vers tout psychique*.

Lorsque le vers fut formé, le parallélisme survécut souvent et forma un vers psychique à côté du vers rythmique.

Les deux vers coïncidèrent le plus souvent, mais souvent aussi ne le firent pas, et alors a lieu l'*enjambement*.

L'enjambement rend le *vers psychique* et le *vers rythmique* inégaux. Le vers psychique *dépasse* alors le vers rythmique, est plus long que lui d'un ou deux mots.

Par contre, le vers psychique qui suit est plus court que le second vers rythmique.

L'enjambement est donc en poésie une innovation qui consiste à rendre au vers psychique son indépendance au regard du vers rythmique qui avait fini par l'absorber.

Si la durée de temps du vers psychique et celle du vers phonique sont ainsi quelquefois différentes, cela fait ressortir le vers psychique que sans cela il serait difficile de dégager.

Le temps du vers phonique se divise en plusieurs parties, généralement en deux, en hémistiches. Le temps du vers psychique se divise-t-il aussi ?

Oui, et ses divisions coïncident ou ne coïncident pas avec celles du vers phonique qui lui est parallèle. Elles coïncident dans le système classique, elles ne coïncident pas dans le système romantique. C'est ce que nous expliquerons plus loin sous la rubrique du rapport entre l'élément psychique et l'élément phonique dans la poésie.

Mais ici nous ne nous occupons que de l'élément *psychique* seul.

Comment se constitue le *vers psychique* ? Comment se constitue l'*hémistiche psychique* ? Le tout dans l'état actuel de la poésie ? Y a-t-il d'autres coupures, d'autres césures psychiques que celle de l'hémistiche ?

La *strophe psychique*, c'est une *phrase* entière ; le *distique psychique*, c'est une *proposition* entière ; le *vers* est un membre de proposition entière ou une proposition entière ; l'hémistiche ou la césure psychique, c'est un membre de proposition, ou plus exactement un mot avec tous ses déterminants et compléments.

Ces phrases, ces propositions, ces membres sont *coupés* d'une manière à peu près égale, sans quoi il n'y aurait pas de période psychique particulière à la poésie.

Ces coupures psychiques sont pourtant plus inégales que celles de la prose. Si elles n'ont pas à côté d'elles des coupures rythmiques, sans doute alors il faut qu'elles soient égales ou à peu près, sans quoi plus de sensation rythmique; mais si le vers est soutenu matériellement par des césures phoniques, il leur devient loisible de n'avoir plus que des coupures irrégulières, mais ces coupures doivent *coïncider à certains points de repère* avec les coupures phoniques.

Il peut se faire que la coupure psychique ne soit pas unique dans un vers, qu'il y en ait deux par exemple. C'est même le cas le plus fréquent quand elle est en discordance avec la coupure phonique. Cette divergence de la *césure phonique unique* et de la *césure psychique double* empêche même qu'il y ait contradiction directe entre elles. Quand il y a contradiction dans le vers dimètre à tous les points de vue, cette discordance, au lieu de produire un effet agréable, en produit un désagréable, une espèce de *battement*.

Comment se marque la coupure psychique ? Nous avons vu que la coupure purement phonique se marque par une *insistance* de la voix; la coupure psychique se marque, au contraire, par un *silence;* sans doute, ce silence peut être précédé d'une insistance, car ces deux phénomènes sont souvent liés, mais l'insistance n'est pas essentielle ici, c'est le silence qui l'est.

Puisqu'il doit y avoir silence, la coupure psychique emporte donc la nécessité d'une fin de mot, mais cet effet n'est pas caractéristique, car la césure lexiologique dont nous parlerons sous la rubrique *des rapports entre l'hémistiche et le vers*, sans être psychique, exige aussi un silence. D'ailleurs, la fin d'un mot ne suffit pas à la coupure psychique, il lui faut de plus la fin d'un membre de proposition, une *intégration*, à un degré quelconque, *du sens*.

On envisage rarement seule la coupure psychique; on l'examine surtout dans ses rapports avec la coupure rythmique et avec la coupure lexiologique, ou césure proprement dite; nous

la retrouverons donc plus loin et nous l'observerons plus lon-
guement sous la rubrique des *rapports de l'élément psychique
avec l'élément phonique dans le rythme.*

Remarquons en terminant que si l'on veut trouver le vers
psychique et l'hémistiche psychique entièrement purs et dégagés
de tout élément phonique, il suffit de *tra-duire* d'une langue
étrangère un morceau de poésie, en écrivant la traduction de
chaque vers sur une ligne distincte et en séparant dans un vers
chaque hémistiche par un trait; on obtiendra ainsi le *dessin
psychique,* à défaut du *dessin phonique,* qui ne peut se décalquer
ni se transposer.

TROISIÈME CHAPITRE.

DE L'ÉLÉMENT DU LIEU

OU DE L'HARMONIE SYMÉTRIQUE DANS LA PENSÉE POÉTIQUE.

Nous avons étudié l'harmonie avec ses divers genres :
harmonie immédiate, harmonie différée, harmonie renforcée, et
aussi *harmonie latente* ou *proportionnelle* ou *équivalente,* et
harmonie discordante, dans la *rythmique phonique.*

Nous la retrouvons ici, mais non dans le vers isolé, seulement
dans la pensée poétique isolée. Elle ne se réalise que dans les
unités supérieures, la *phrase psychique* correspondant à la
strophe, et l'*œuvre entière psychique* correspondant au *poème.*

Pour trouver l'harmonie spéciale à la pensée poétique, il
faudrait en séparer les idées poétiques qui la composent et voir
quelle harmonie ou quelle désharmonie celles-ci ont entre elles,
puis rechercher si entre deux pensées poétiques il s'établit à
leur tour une harmonie quelconque

En creusant ainsi la question l'on découvre qu'entre les idées
qui forment la pensée il y a tantôt harmonie complète et immédiate, de telle sorte qu'elles forment des idées semblables entre
elles, tantôt contraste, mais de telle sorte que la contrariété des
idées s'efface dans la pensée totale qu'elles constituent. C'est
ainsi que quelquefois on joint à un substantif une épithète qui
semble appartenir à une idée tout à fait différente. C'est alors

qu'il y a harmonie discordante et différée. Cela fait naître une surprise qui est un des grands charmes de la poésie. De même aussi deux pensées tout à fait différentes, même contraires, parallèles au moins, peuvent se suivre. C'est ce qui arrive dans le *pantoum*; mais alors cette harmonie discordante, tout en touchant la pensée, touche surtout la strophe psychique, et c'est là que nous la retrouverons et que nous l'analyserons.

DEUXIÈME UNITÉ.

LA STROPHE PSYCHIQUE

De même que la strophe phonique se compose de la réunion de divers vers, non point seulement juxtaposés et réunis graphiquement, mais formant une unité véritable, une unité organique et rythmique, de même la strophe psychique, comme la phrase, est une unité ayant sa vie propre.

Elle renferme comme éléments : 1° un *substratum* de pensées poétiques distinctes par leur nombre, leur valeur, leur direction ; 2° un *temps* où se développer ; 3° un *lieu* ou une *harmonie* qui l'entoure et où s'accomplit un dessin symétrique.

Nous n'examinerons ici que le point le plus important, le *lieu* ou le dessin symétrique.

La strophe psychique est formée par l'harmonie *immédiate* et *concordante*, l'harmonie *renforcée*, la *différée*, la *proportionnelle*.

La strophe à *harmonie concordante* est celle où des idées différentes se suivent, mais dans le même ton et dans la même direction, sans contradiction entre elles.

La strophe à *harmonie redoublée* est très remarquable dans le *triolet*. Il faut, pour bien le comprendre, une citation.

Nous prenons pour exemple une strophe du triolet célèbre d'Alphonse Daudet, intitulé : les *Prunes*, et qui restera toujours le modèle du genre.

> *De tous côtés, d'ici, de là,*
> *Les oiseaux chantaient dans les branches,*
> *En si bémol, en ut, en la,*
> *De tous côtés, d'ici, de là.*

Les prés en habit de gala
Étaient pleins de fleurettes blanches.
De tous côtés, d'ici, de là,
Les oiseaux chantaient dans les branches.

Il est aisé de voir que le premier vers revient *trois fois*, et le second vers *deux fois* dans la stance. En outre, le premier couple revient tout entier à la fin. Il y a là une véritable *harmonie différée*, à demi satisfaite au milieu de la stance, et qui ne l'est complétement qu'à la fin. On ne saurait trop dire quel sentiment exquis se dégage du rythme psychique de cette stance.

L'harmonie psychique différée ne saurait naître de l'existence du premier vers seul, car souvent un tel vers est suivi immédiatement ou à distance d'un vers à rime semblable, ce qui forme l'harmonie phonique, simple ou différée, mais c'est tout, et l'on n'attend pas un second vers, répétition du premier. *Il faut donc que quelque chose fasse naître cette attente*; une sensation est d'abord donnée par le 4ᵉ vers, lorsqu'on voit revenir le premier, c'est la satisfaction du retour; ce retour, puisqu'il y avait une harmonie phonique, accomplie et terminée dans le troisième vers, crée une harmonie purement psychique, ce qui est déjà un plaisir tout nouveau, car la plupart du temps l'harmonie purement psychique ne se produit pas. Mais, de plus, cette harmonie psychique étant incomplète fait naître en l'esprit le besoin d'une autre harmonie, complète cette fois et de même nature psychique. En effet, lorsque j'ai répété : *de tous côtés, de ci, de là*, un instinct me pousse à continuer la phrase non achevée et à répéter aussi le second vers : *les oiseaux chantaient dans les branches*. Mais le poète m'arrête et me défend d'aller plus loin, ce qui me cause *l'irritation d'une jouissance satisfaite à demi* et sert d'amorce à une *harmonie psychique différée*. Cette harmonie trouvera sa satisfaction dans le 7ᵉ et le 8ᵉ vers.

Pour épuiser ce sujet, voyons les procédés phoniques et psychico-phoniques qui viennent me *compléter le charme*.

D'abord, au point de vue *phonique*, nous avons une *harmonie puissamment renforcée* dans la rime qui est identique dans le 1ᵉʳ, le 3ᵉ, le 4ᵉ, le 5ᵉ et le 7ᵉ vers, nous avons aussi l'harmonie qui est différée pendant trois vers, du 2ᵉ au 8ᵉ.

Au point de vue *psychico-phonique*, nous avons le *discord* entre la *pensée* et le *rythme*, discord qui s'établit entre le 4ᵉ et le 5ᵉ vers, et qui ne *se résout* qu'au 7ᵉ. En effet, le sens se termine après le 4ᵉ vers, et c'est précisément sur cet endroit que le rythme se sera soudé plus fortement et n'admettra pas le moindre interstice. Le *sens s'arrête tandis que le rythme court*, jusqu'à ce que sens et rythme se retrouvent au 7ᵉ vers. L'effet de cette nouvelle harmonie différée d'un nouveau genre est très puissant. Mais le lieu de l'examiner est ailleurs dans notre travail.

Une autre strophe présente, quoique d'une manière moins saisissante, cette harmonie de la strophe psychique, c'est celle où la strophe rythmique commence par un vers et finit par la répétition de ce vers entier. Alors il n'y a pas harmonie différée, mais harmonie psychique simple.

TROISIÈME UNITÉ.

LE POÈME PSYCHIQUE

Au point de vue psychique, le poème se divise en trois grandes classes se renfermant l'une l'autre dans un ordre de moins en moins compréhensif, le *poème épique*, le *scénique*, le *lyrique*.

Nous avons vu dans une précédente étude qu'au point de vue *phonique* du rythme, le poème se divise en : 1ᵉ unité non organisée, celle où les vers se succèdent librement, sans différenciation entre eux, de manière à former un tout non articulé, et par conséquent d'une uniformité monotonique, en français par exemple, lorsqu'il y a une série d'alexandrins usitée dans la poésie épique, dans la tragédie et la comédie ; et 2ᵉ en unité organisée, celle divisée en *stances* ou *antistances*, aboutissant à une *épode* différenciée dans certains poèmes à forme fixe. Nous avons vu aussi que cette grande division peut être *subdivisée*. Ainsi, le poème à parties non différenciées peut être à vers parfaitement réglés et uniformes, comme l'hexamètre latin employé à la poésie épique, ou à vers ne se ressemblant que par une équivalence très latente, comme l'iambique des comiques latins, ou à vers différents les uns des autres par la longueur et l'agencement de leurs rimes, comme les vers libres des fables de La Fontaine. Ainsi, d'autre côté, le vers à emploi lyrique peut se composer de simples stances agencées de même façon, non différenciées entre elles et non terminées par une épode, où le lien d'unité ne consiste qu'en la loi de présenter toutes le même agencement, ou de strophes véritables réunies par une rime commune établissant un lien plus direct que la seule ressemblance du dessin strophique ; il peut enfin présenter une organisation en parties tout à fait différenciées et articulées, différenciées en *strophe*, *antistrophe* et *épode*.

Dans ce classement rythmique on pourrait observer que les poèmes les moins différenciés dans leur organisme interne avaient précédé les autres, qu'ils les enveloppaient et les contenaient en germe, et qu'ils les avaient précédés dans l'évolution historique.

Au *point de vue psychique* du rythme nous aurons une *division tripartite* différente, mais nous pouvons remarquer aussi qu'un genre enferme l'autre et l'a précédé dans l'évolution. *Le premier en date est le genre épique.* C'est le plus compréhensif, celui de plus longue étendue. Le *poème épique* raconte une vie ou une période entière, une guerre, comme celle de Troie, un voyage, comme celui d'Ulysse. Le *poème scénique* ne prend qu'un moment de la vie, souvent un seul jour et un seul lieu, si l'on suit la règle des trois unités, en tout cas un événement unique, quelque chose de *présent*, ayant l'instantanéité du présent. Du *fragment d'un poème épique* on fait un *drame ;* du *fragment du roman*, ce poème épique en prose, on fait aussi un *drame* ou une *comédie.*

La poésie lyrique exprime un fait bien plus court encore, un sentiment, une impression qui passent, un chant, un cri. *Elle prend sa naissance dans la poésie scénique* où elle est d'abord enveloppée, dans les *chœurs des drames*, puis peu à peu s'en détache. De même encore la *musique lyrique* dérive chez nous de la *musique dramatique*, et les motifs des opéras font la fonction de chansons.

Dans l'intérieur de la poésie lyrique, celle à simples stances se rapproche de plus près des autres dont elle ne forme que des fragments uniformes ; elle se différencie de plus en plus et s'intègre et devient par les *refrains*, sortes d'*épodes psychiques*. le *poème à forme fixe*.

Telle est l'évolution et tels sont les *rapports tout formels* de ces trois genres. Examinons maintenant ce qu'ils sont en eux-mêmes.

L'esprit humain peut classer ses opérations en trois grandes catégories : *le comprendre et se souvenir*, *le vouloir*, et enfin le *sentir*, œuvres de l'*intelligence*, de la *volonté* et de la *sensation*. Cette division doit se retrouver dans ses œuvres littéraires ou artistiques. Nous ne voulons pas approfondir cette idée qui appartient à la psychologie, remarquons seulement qu'intelligence et mémoire c'est un, puisque l'*intelligence consciente* repose sur la *coordination des idées*, laquelle est l'œuvre élémentaire de la mémoire.

L'*intelligence* par la mémoire se rapporte à des faits anciens, *au passé* ; c'est de faits passés, d'idées passées et accumulées qu'elle déduit ses conclusions ; elle travaille sur le passé, en y ajoutant, il est vrai ; toute la science est d'abord la mémoire de ce que les devanciers ont peu à peu découvert.

La *volonté* se rapporte, au contraire, au *présent* ; de même l'*action* qui en est la réalisation. Rien de si actuel que la volonté, que l'action. Elle diffère de l'intelligence encore en ceci qu'elle se voit pour ainsi dire, non en elle-même, mais dans l'action qu'elle produit. L'*intelligence* s'exprime par des *paroles* ; la *volonté* aussi par des *actes*, au moins par des gestes ; l'*action* par des actes.

La *sensation*, le sentiment, se réalisent dans le *présent*, mais *tendent vers l'avenir*. Une jouissance n'est possible que par l'espoir de continuation de cette jouissance. Au fond de tout sentiment, par voie négative ou positive, se trouve le désir qui précisément cherche l'avenir. La place du désir au fond de l'amour, de la colère, est incontestable ; elle ne l'est pas moins négativement dans les sentiments contraires, la haine, la peur, le désespoir.

Enfin l'*intelligence* est une faculté pour ainsi dire *impersonnelle* ; tous s'y rencontreront, soit pour *créer* les idées, soit pour se les *transmettre*, rien dans ce sens d'aussi banal que les vérités ; elles ne sont personnelles que pour celui qui les découvre, restent impersonnelles pour tous les autres.

La volonté, au contraire, se *personnifie* davantage, nos actes ne sont qu'à nous, mais ces actes supposent l'intervention d'une autre personne, ils lui appartiennent passivement ; il faut deux ou quelques personnes pour que l'action se réalise vraiment avec son importance sociale.

Le *sentiment* est *plus personnel encore*, il reste souvent dans le for intérieur, n'appartient qu'à nous.

En d'autres termes, l'*intelligence* est *collective* ; la *volonté* est *mutuelle* ; le *sentiment*, *individuel*.

L'intelligence doit comprendre les objets tels qu'ils sont, sans cela ses opérations n'ont pas de valeur; les idées justes ne sont que les reproductions des êtres, soit réels, soit abstraits, on les trouve, on ne les crée pas.

La volonté ne représente aucun objet, c'est une création véritable et subjective tant que l'action se fait par nous, mais elle est en même temps objective en ce qu'elle est soufferte par un autre.

Le sentiment qui se renferme en nous n'est ni juste ni faux, parce qu'il n'a pas de mesure à l'extérieur dans la réalité des choses. Il est essentiellement subjectif.

Telles sont les caractères de ces trois facultés de l'esprit humain : l'*intelligence*, y compris sa base, la mémoire, la *volonté* et le *sentiment*.

Les trois genres psychiques de la poésie, le *genre épique*, le *genre scénique*, le *genre lyrique* en procèdent directement.

Prenons d'abord le caractère relatif au temps.

Dans la *poésie épique*, qui serait appelée plus exactement la *poésie narrative*, ou plus exactement encore la *mnémonique*, l'objet ou le fait à raconter est toujours, et de plus, il est considéré comme passé; on ne le raconte pas par une fiction comme présent. Dans la poésie *scénique*, au contraire, le fait est bien toujours passé, mais on le considère comme présent, on *l'agit* actuellement, on *le joue*. On ne l'apprend pas, on l'entend, on le voit s'accomplir. Aussi le nom de poésie *dramatique* est tout à fait impropre, c'est poésie *scénique* qu'il faut dire ; *la représentation est de son essence*. Dans la poésie *lyrique*, le fait qui est un fait tout intérieur, un sentiment, tend à une réalisation extérieure dans l'avenir. Il s'agit d'un fait non agi, ni en action, mais possible, désiré.

Le cantonnement de chacun de ces trois genres de poésie en une période différente du temps est essentiel et si vrai qu'il a causé dans la poésie scénique la fameuse *règle des trois unités* de temps, de lieu et d'action. Ce qui est présent aux yeux du spectateur ne doit pas être une action qu'il soit impossible d'agir pendant le temps de la représentation, et le spectateur qui ne change pas de lieu matériellement ne doit pas en changer idéalement, ou l'illusion est diminuée, ou n'est plus véritablement dans le présent. C'était sans doute une erreur ; cette possibilité matérielle n'est pas nécessaire, l'illusion, la perspective, ici comme dans les autres arts, suffisent. Il ne s'agit pas d'un présent réel, mais imaginaire, et dès lors il peut y avoir successivement plusieurs présents dans lesquels on a transformé plusieurs époques passées. Mais cette erreur prouve bien le caractère de la poésie scénique, laquelle a trait au présent.

Si les trois genres de poésie s'attachent à une partie différente du temps : *passé, présent* et *avenir,* c'est qu'ils correspondent aux trois facultés de l'esprit ci-dessus décrites : *intelligence* et *mémoire, volonté, sentiment ;* et ici il y a évidence. En effet, la poésie dite épique est essentiellement narrative, et quand elle ne l'est pas, elle est didactique, et cela dès son origine. Lorsqu'elle est didactique elle a un caractère mnémonique, mais surtout intellectuel, scientifique même, bien tranché. La poésie scénique a trait à la volonté, à l'action, car elle est tout action ; l'étymologie du mot *drame* le marque. La volonté s'y parle, l'action elle-même s'y agit ; on tue au théâtre et sous les yeux du spectateur ; l'action remplacée par la narration a été un vice essentiel de l'art du XVIIe siècle. Nous verrons plus loin que l'art scénique s'adjoint la pantomime, la danse, le chant, tout ce qui peut rendre l'action plus actuelle. Quant à la poésie lyrique, elle est l'expression directe du sentiment intérieur, elle ne raconte pas, elle n'agit pas. Tandis que la narration est longue, et avec elle le poème épique, l'action est plus brève ; aussi le poème scénique est plus court, le sentiment et la poésie lyrique se raccourcissent davantage ; ce n'est quelquefois qu'un éclair comme dans le *lied.*

L'intelligence et le genre épique, l'action volonté et le genre scénique, le sentiment et le genre lyrique se correspondent parfaitement ; on peut en déduire de suite que chacun prend les divers caractères de ce à quoi il correspond.

Ainsi, de même que l'intelligence est impersonnelle, que les résultats en sont communs à tout le genre humain, au moins à toute une société, de même le poème épique est essentiellement *national*, mythique, religieux, *collectif* en un mot ; sous sa face de poème didactique il embrasse des connaissances communes à tout le genre humain, il devient *cosmopolite*. Le genre scénique l'est beaucoup moins, il se réalise dans le cadre d'une famille ou d'une cité. Le genre lyrique, comme le sentiment, est, au contraire, tout individuel, exprime les sentiments personnels.

De même que l'*intelligence est objective*, ou sans cela ne mériterait pas ce nom, de même aussi la *poésie épique est subjective* ; sans doute, les événements qu'elle raconte ne sont pas toujours réels, du moins pour nous, lorsque, par exemple, Homère fait parler les dieux, mais ils l'étaient pour ses contemporains, et d'ailleurs le poème, pour être vraiment épique, national, doit reposer sur un grand fonds de vérité, être objectif. Il est vrai que, lorsqu'il est devenu le roman, il a perdu ce caractère, mais il le conserve encore par fiction ; le romancier doit faire vivre ses personnages comme s'ils étaient vivants, on ne doit pas voir l'auteur qui les fait mouvoir, mais eux directement ; *le roman est donc objectif comme le poème.*

De même que le sentiment est subjectif et uniquement subjectif, de même *la poésie lyrique est essentiellement subjective* ; elle exprime les sentiments concrets et individuels du poète ; c'est pour cela qu'elle est moins sensible au lecteur et qu'elle produit peu d'impression sur la foule qu'attirent, au contraire, les récits et les spectacles.

Si nous rapprochons maintenant de ces trois genres les diverses pensées poétiques, nous trouvons que, parmi ces pensées subjectives, le genre épique s'adresse surtout à la pensée, le genre scénique à la volonté, le genre lyrique au sentiment, comme nous venons de le dire ; que parmi les pensées poétiques objectives, le genre épique s'adresse surtout à l'audition, le genre scénique à la vision, et le genre lyrique à la sensation de la forme ; que parmi les idées poétiques, subjectives-objectives, le genre épique s'adresse à l'imagination, le genre scénique à l'instinct, le genre lyrique à la sensation.

Examinons maintenant les divisions de chacun de ces trois genres.

Le genre épique renferme plusieurs espèces et chacune de ces espèces est soumise à des évolutions historiques ; son ensemble subit une grande transformation historique, majeure dans l'histoire de la littérature, celle *du vers en prose, du poème épique en roman*

Jamais un genre d'art ne meurt, même lorsqu'il semble le faire, il se transforme seulement.

Le roman est exactement le poème épique qui a évolué avec la civilisation.

Le roman a la popularité qu'avait le poème épique.

Il en remplit exactement la fonction.

Il satisfait au même besoin de narration interminable, de souvenir, de passé qui est dans le cœur humain, et l'enfant l'écoute déjà sous forme de conte.

C'est le poème épique qui a fait l'éducation des nations jeunes; c'est le roman qui fait encore notre éducation bonne ou mauvaise. Le roman est la seule littérature qui se consomme couramment, qui se paie et se détaille comme une denrée.

Nous ne nous en occupons pas spécialement ici, parce que notre sujet est principalement la poésie réalisée dans la versification.

Quels sont les divers poèmes épiques?

Ils forment trois groupes : 1° le *groupe narratif-descriptif;* 2° le *groupe didactique*; 3° le *groupe idyllique.*

Le groupe narratif-descriptif, le plus ancien, le plus important, comprend à son tour : le genre *narratif* ou *héroïque,* le genre *géographique,* le genre *descriptif.*

Le genre narratif, c'est l'*épopée* qui par son importance historique mériterait une étude toute particulière. Elle est à l'origine de toutes les littératures, nationale, et souvent mythologique.

Le genre géographique est son contemporain. A côté de l'Iliade, l'Odyssée.

Le genre descriptif touche de près au géographique et forme la transition vers le groupe suivant, le didactique ; *les Mois et les Jours, les Saisons* sont dans ce cas.

Le groupe narratif-descriptif se distingue extérieurement des autres groupes par son alliance intime avec la musique ; ses poètes sont des trouvères, leurs épopées se chantent.

Nous verrons que dans chacun des genres, un groupe spécial s'unit avec la musique.

Le groupe *idyllique* transporte l'épopée de la nation ou du grand homme qui incarne une nation à l'individu. Il se rapporte aussi à un état d'esprit et de société primitif, naïf. Par son style, il contraste avec le style héroïque. On peut citer *Hermann et Dorothée*, *Josselin*, les *Bretons* de Brizeux, *Evangeline* de Longfellow.

Le groupe *didactique* comprend : 1° le genre *didactique proprement dit* ; 2° la *fable* ; 3° le *conte*. Ce qui le distingue des groupes précédents, c'est l'enseignement, la conclusion morale, soit directe, soit indirecte, comme dans la fable.

La classe épique ou narrative est donc très riche, si l'on ne sort pas de son expression par la versification. Elle l'est bien plus encore lorsqu'elle a pour expression le roman. Celui-ci suit toutes les subdivisions que nous venons d'indiquer. De même, à côté du conte et de la fable en vers, il y a la fable et le conte en prose.

Si le *roman cristallise* pour ainsi dire le *poème épique*, à son tour *l'histoire cristallise le roman* et en est une transformation. Mais par l'histoire il faut entendre, non point celle qu'on apprend comme science, mais celle qu'on raconte, dont on coordonne et dont on anime les événements ; l'histoire, lorsque l'écrit l'historien. Dans cette histoire, nous comprendrons l'histoire biographique, c'est-à-dire celle qui peint la vie de tel ou tel individu, sans y rien ajouter d'irréel.

La classe *scénique* comprend aussi plusieurs subdivisions, trois principales : la *comédie*, le *drame* ou *tragédie*, l'*opéra*.

L'opéra a ceci de spécial, comme tout à l'heure le poème épique proprement dit parmi son groupe, qu'il s'unit intimement avec la musique.

Le drame ne signifie point proprement la pièce scénique dont le dénouement est triste, mais celle qui peint les passions humaines, tandis que la comédie en peint les vices ou les défauts, c'est-à-dire le caractère.

L'opéra, au contraire, n'exprime que des sentiments flottants, des sensations. Souvent il dégénère et n'est qu'un prétexte à musique.

Nous ne nous arrêterons pas à ces genres qui sont très connus.

Disons seulement que dans l'évolution c'est l'opéra qui vient le dernier et qui tend à se substituer aux deux autres, de même que le roman a détruit et remplacé le poème épique.

La comédie et le drame survivants passent du vers à la prose.

La comédie, le drame et l'opéra forment le premier groupe scénique.

Le second groupe consiste dans l'œuvre, non plus de l'*auteur dramatique*, mais de l'*acteur* agissant par la parole, par le chant, par le geste, par la pantomime, par la danse, par le décor.

Le rôle de l'acteur se substitue peu à peu à celui de l'auteur, ce qui veut dire que le genre devient de plus en plus scénique, s'adresse de plus en plus aux yeux.

Enfin le *développement de la mimique* de l'art de l'acteur conduit à l'*art oratoire*, où l'auteur et l'acteur se trouvent confondus, où l'action s'improvise.

Aussi à un certain degré d'évolution l'*art oratoire* passionne-t-il plus la foule que l'art scénique. Quoi de plus ressemblant à un drame qu'un débat judiciaire criminel? L'avantage du dernier sur le premier, c'est d'être vrai. Les personnages eux-mêmes, non les comédiens, sont sous les yeux.

Le genre *lyrique* à son tour se divise en : 1° *chanson-cantique*; 2° *poème libre*, *ode* ou *élégie*; 3° *poème à forme fixe*.

La *chanson* ou *cantique*, genre lyrique qui reste de nos jours seul populaire, correspond à la poésie épique chantée et à l'opéra; c'est l'espèce lyrique qui apparaît étroitement unie à la musique. Elle a, par ailleurs, un refrain, et à ce titre rentre dans les poèmes à forme psychique fixe que nous allons décrire un peu plus loin, mais ce refrain lui vient surtout de la musique, et forme comme l'écho du *leit motiv* de celle-ci; aussi la chanson-cantique mérite une place à part.

En dehors d'elle se trouve la poésie lyrique sans forme fixe. Elle se divise en trois espèces : l'une exprime les idées héroïques, grandes, c'est l'*ode*; l'autre les idées tristes, c'est l'*élégie*; l'autre enfin les réflexions satiriques, comiques, critiques, philosophiques, sous les divers noms de *satire*, d'*épitre*, et même sans noms spéciaux. Cette branche de la poésie emploie tantôt la stance, tantôt l'alexandrin à rimes plates ou croisées. L'élégie s'est approprié le distique. Mais tout cela ne concerne que la forme rythmique phonique.

Enfin la troisième classe comprend les *petits poèmes à forme fixe* que nous avons déjà étudié dans un précédent travail au point de vue rythmique, et que nous devons étudier au point de vue psychique maintenant.

Nous avons vu dans notre étude sur la rythmique phonique que le poème à forme fixe renferme cette particularité que seul il forme une *unité véritable*, naturelle, et distincte de celle de la strophe; que cette unité est obtenue par le *retour* de certaines rimes et aussi par l'*épode*, réduction de la *strophe* et de l'*anti-strophe*, et formant à la fin une harmonie proportionnelle.

Nous n'avons pu classer un certain nombre de ces poèmes à forme fixe, parce que leur unité ne se formait plus dans le rythme phonique, mais seulement dans le rythme psychique; enfin, nous avons remarqué que quelques-uns se produisaient à la fois dans les deux rythmes.

L'harmonie psychique simple formant l'unité du poème consiste non plus dans la *répétition* des mêmes *rimes*, mais dans la *répétition* totale des *mêmes pensées* ou sentiments exprimés par les mêmes mots; l'*harmonie psychique différée* consiste dans la divergence des pensées qui ne se réunissent qu'à la fin du poème; l'*harmonie psychique redoublée*, dans la répétition d'une strophe entière. Enfin l'harmonie est à la fois psychique et rythmique, lorsqu'à la strophe, antistrophe et épode rythmiques, et à la rime entre strophes comme dans la ballade, se trouve jointe la répétition de la même pensée à la fin de chaque strophe.

Parcourons successivement les poèmes psychiques :

1° *Le Pantoun.*

C'est une unité purement psychique.

Cette unité s'établit de deux manières.

Les strophes sont liées l'une à l'autre par la répétition entière du même vers.

> *Sur les bords de ce flot céleste*
> *Mille oiseaux chantent querelleurs.*
> *Mon enfant, seul bien qui me reste,*
> *Dors sous ces branches d'arbre en fleurs.*

> *Mille oiseaux chantent querelleurs,*
> *Sur la rivière un cygne glisse.*
> *Dors sous ces branches d'arbre en fleurs,*
> *O toi, ma joie et mon délice.*

De telle sorte qu'on ne quitte jamais une pensée, qu'en s'appuyant de nouveau sur elle.

Il en résulte un lien intime entre les stances, non plus un refrain partiel qui finit, mais un refrain partiel qui commence chacune d'elles.

C'est une harmonie psychique simple.

Mais à côté se trouve *une harmonie différée*, non plus cette fois entre stances, mais entre les deux parties de la même stance.

Dans la pièce précitée, la 1ʳᵉ partie de chaque stance parle de la *nature*, est *objective*, la 2ᵉ parle de la *femme* et de l'*enfant*, est *subjective*. Ces sentiments exprimés ne se contrarient pas, mais ils sont diversement situés. Il y a une harmonie secrète entre eux, mais ils restent parallèles.

Dans d'autres pantouns, la 1ʳᵉ partie de la stance est opposée à la 2ᵉ; elles expriment des sentiments contraires, alors il y a divergence constante, et souvent le parallélisme continue jusqu'à la fin, il n'y a pas de rapprochement, de résolution du désaccord.

Dans d'autres les sentiments des deux parties de la stance sont opposés, mais se réconcilient et se résolvent à la fin.

Dans le premier cas il y a harmonie simple entre les deux parties de la stance, dans la seconde désharmonie, dans la troisième simplement harmonie différée.

Dans tous les cas il y a harmonie simple et immédiate au moins de strophe à strophe, et harmonie, tantôt simple, tantôt discordante, tantôt différée, entre les deux parties de chaque strophe.

Ce mélange d'harmonies et de désharmonies donne un charme très singulier au pantoun, et en fait un poème délicieux.

Un dernier attrait consiste en ce que dans chaque stance les rimes sont croisées, d'où résulte une harmonie différée dans la moitié de chaque stance, harmonie qui n'est résolue et satisfaite que dans la seconde moitié, c'est-à-dire au milieu de la pensée différente et parallèle. L'harmonie différée rythmique trouve donc sa satisfaction en plein discord de l'harmonie différée psychique.

1ᵉ. bis. *Le Pantoun purement psychique.*

Le pantoun que nous venons de décrire se forme à la fois phoniquement et psychiquement. Sa constitution phonique consiste à reprendre dans la stance suivante toujours deux des vers de la stance précédente, de manière à ce qu'il n'y ait aucune solution de continuité phonique. Cette reprise continuelle du vers est d'un grand charme.

Un charme non moins grand, mais très distinct, est celui résultant de la constitution psychique du pantoun, et de ce que deux idées parallèles marchent continuellement sans jamais se confondre, ou ne se confondant qu'à la fin.

La réunion de ces deux particularités constitue le pantoun proprement dit.

Mais elles peuvent être séparées. On peut obtenir un pantoun purement phonique, et aussi un pantoun purement psychique.

Le pantoun purement phonique consiste dans la seule observance de la particularité phonique ci-dessus relevée. Nous l'avons décrit ailleurs dans notre étude sur les unités supérieures au vers envisagées au point de vue du rythme phonique.

Le pantoun purement psychique consiste dans le maintien de la seconde particularité seulement. On ne reprend dans la stance suivante aucun des vers de la stance précédente, mais il y a dans chaque strophe deux sens toujours parallèles qui courent. Du reste, ce parallélisme peut être ou de contradiction ou de comparaison.

En voici un exemple tiré d'une pièce intitulée : *les Noces.*

> *Parmi le voile blanc où fleur d'oranger penche,*
> *C'est une mariée à la floraison blanche.*
>
> *Nul n'entend frôler dans les hautes tours*
> *Sous les carillons le vol des vautours.*
>
> *A tout autre bonheur son âme fut fermée ;*
> *Elle aime son aimé, de même elle est aimée.*
>
> *L'araignée étend sa toile au plafond,*
> *Le cierge de cire en un instant fond.*
>
> *Elle n'a qu'un bijou sur son doigt, l'alliance,*
> *Qu'un diamant, son cœur clair et sans oubliance.*
>
> *La lampe est pendue à l'anneau de fer ;*
> *Sans qu'on l'ait touchée, elle ébranle l'air.*

2° *La Ballade.*

Ici il y a formation d'*unité psychique* et d'*unité rythmique* à la fois par deux moyens différents.

Nous avons vu ailleurs comment se réalise l'unité rythmique par l'*enroi* servant d'*épode*, par la *rime de strophe à strophe.*

L'*unité psychique* se réalise par le *refrain partiel*, c'est-à-dire par la répétition du même dernier vers à la fin de la strophe, des antistrophes et de l'épode.

En effet, à la fin de chaque strophe, le même vers reparaît ramené par le sens.

Il est vrai que cela constitue le lien de strophe à strophe et, par conséquent, contribue à former la strophe dans sa constitution intérieure, et que le refrain partiel ne varie pas à l'épode. Rigoureusement il est donc plutôt constitutif de la strophe que du poème. Mais nous l'avons rangé ici, parce qu'il forme aussi l'unité du poème, en revenant à la fin de toutes les strophes et à la fin du poème lui-même, et parce que, d'autre côté, il coïncide avec l'unité rythmique, proprement dite, du poème.

Ce retour incessant vers le point de départ constitue une *harmonie rythmique différée* très puissante. Le retard *psychique* consiste en ce que dans la 2ᵉ et la 3ᵉ strophes on s'éloigne du point d'arrêt de la 1ʳᵉ pour s'engager dans des pensées nouvelles, mais en revenant à la fin toujours à la pensée première ; c'est pour cela que la ballade doit avoir des strophes d'une certaine étendue ; il faut que la pensée ait eu le temps d'y diverger assez pour que son retour produise un plaisir sensible.

Ce retour qui n'est autre que la *résolution d'une harmonie psychique différée* se fait plus rapidement dans l'*épode*, dans l'*enroi*, que dans les strophes. La plus grande rapidité du retour en cet endroit est précisément ce qui constitue, au point de vue psychique, l'unité de ce poème. Il est plus rapide, de même qu'au point de vue de l'unité phonique, au même endroit la strophe épodique est plus courte.

Ce retour de la pensée vers elle-même, du sentiment vers lui-même, ressemble beaucoup au *leit motiv* de la musique moderne, qui fait revenir de temps en temps dans le cours du poème musical l'impression première renouvelée.

Il a sa racine profonde dans notre nature psychique. Le souvenir du passé, le *ressentiment* du *sentiment*, l'écho de ce qui a
retenti en nous, le retour aux anciens bonheurs, aux anciennes
tristesses, est l'élément principal de notre vie consciente ; on
peut dire qu'il fait presque seul cette conscience même, car il
est plus facile encore et plus naturel de regarder ce qu'on a
vécu que ce qu'on vit, d'avoir l'impression visible de ce qui est
à la distance convenable que de chercher celle de ce qui est
trop près de nous. Le souvenir est peut-être le sentiment le
plus essentiel.

3° *Le Rondeau.*

Le rondeau renferme cette particularité qu'ici l'*harmonie différée psychique* se détache mieux, parce qu'elle se distingue mieux
de l'harmonie différée phonique. Nous venons de voir que dans
la ballade les deux harmonies se doublent l'une par l'autre exactement, si bien qu'on ne pourrait dire laquelle est la plus forte.
Dans le pantoun, l'harmonie psychique est seule ou presque
seule. Mais cependant les vers où se réalise le discord psychique sont par leur répétition frappés d'une *rime harmonique*
en sens contraire. Dans le rondeau, l'*élément psychique* ressort
tout à fait, *car il est en dehors du vers, de la rime et du rythme.*
En effet, les premiers mots du premier vers réapparaissent,
sans former ni vers, ni hémistiche, la première fois à la fin de
la seconde stance, la seconde fois à la fin de la troisième et dernière. L'indépendance de ce petit refrain psychique vis-à-vis du
rythme phonique est donc complète.

Par ailleurs, il est vrai, le rondeau obéit à l'harmonie concordante et discordante phonique. En effet, quant à la rime, les
trois stances riment ensemble, ce qui revient à dire que toute
la pièce s'établit sur deux rimes et qu'il y a harmonie concordante simple. Quant au nombre de vers de chaque stance, la
première en a cinq, la seconde trois, la troisième cinq ; l'épode
se place au milieu et non plus à la fin, ce qui revient à dire que
l'harmonie quant au nombre de vers est d'abord discordante et
différée, puis se résout en concordance. C'est l'inverse de ce qui
a lieu dans le sonnet, où les tercets sont à la fin.

3 *bis. Le Rondeau purement psychique.*

Le rondeau relient pourtant un élément phonique ; le nombre de ses stances et de ses vers, leurs rimes sont soumis à des lois spéciales.

Mais on peut concevoir un rondeau purement psychique qui ne consisterait que dans la répétition du même mot, aux mêmes places marquées.

De ce rondeau psychique, non réalisé, se rapproche le procédé stylistique qui consiste à répéter *plusieurs* fois de suite le même mot, dont on veut faire l'idée dominante du poème.

4° *Le Rondel.*

Le rondel, comme chacun sait, est très différent du rondeau. Il roule aussi sur deux rimes, et comprend trois strophes, la première de quatre vers, la seconde de deux vers, plus la répétition des deux premiers vers de la première strophe, le troisième de trois vers, plus la répétition des deux mêmes premiers vers de la première strophe. Ce poème est bien connu, et très gracieux ; son harmonie rythmique consiste en ce que les trois strophes riment entre elles ; en outre, en ce que le premier quatrain est à rimes embrassées, le second à rimes croisées, le troisième de nouveau à rimes embrassées. Son harmonie psychique consiste dans la répétition, à la fin de la deuxième et de la troisième strophes, des deux vers du commencement.

Ces deux premiers vers en leur entier forment donc un refrain qui ne diffère du véritable refrain de la chanson qu'en ce qu'ils ne constituent pas une strophe à eux seuls.

5° *Le Virelai nouveau.*

A la différence du virelai ancien décrit dans notre étude sur le poème à rythme phonique, le nouveau constitue un poème psychique. L'unité rythmique consiste encore ici en ce que le poème entier roule sur deux rimes seulement. *L'u-nité psychique consiste en un véritable refrain*. Cette fois les vers du commencement qu'on doit répéter plus tard forment à eux seuls une véritable petite strophe, un distique détaché :

> *Adieu vous dis, triste lyre !*
> *C'est trop apporter à rire.*

Le virelai nouveau après ce refrain type qui commence le poème comprend autant de strophes qu'en veut le poète, et chacune de ces strophes est terminée, par exemple, par l'un des deux vers précités. Il diffère du virelai précédemment décrit par la reprise d'un des deux vers initiaux à la fin de chaque strophe et par l'égalité des vers. Son système se rapproche beaucoup de celui de la villanelle décrit ci-après.

L'harmonie phonique concordante consiste en ce que toutes les strophes riment entre elles, et en ce que les deux vers du commencement de la pièce ou l'un d'eux reviennent à la fin.

L'harmonie psychique consiste en ce que les mêmes vers reviennent à la fin de chaque strophe, sinon absolument, du moins *alternativement*. Elle est *différée*, et cette qualité résulte précisément de cette alternance. En effet, la seconde strophe finit différemment de la première strophe proprement dite, cette première finissait différemment du petit refrain initial ; la seconde strophe se termine, au contraire, comme la fin du refrain initial ; la troisième comme la première. Il y a donc dans tout le cours de la pièce, pour chaque strophe, en même temps concord avec la finale d'une précédente et discord avec la finale d'une autre précédente, jusqu'à ce qu'à la fin il y ait concord définitif, soit par la répétition des deux premiers vers en sens inverse, soit par la répétition du vers initial. D'ailleurs, la dernière stance doit être plus courte, et servir d'épode.

6° *La Villanelle.*

La villanelle est aussi un poème à harmonie psychique, puisque son harmonie consiste en la répétition des vers entiers.

Citons-en un exemple, quoiqu'elle soit bien connue.

J'ai perdu ma tourterelle.
Est-ce point elle que j'oy ?
Je veux aller après elle.

Tu regrettes ta femelle,
Hélas! aussy fay-je moy :
J'ai perdu ma tourterelle.

Si ton amour est fidèle
Aussy est ferme ma foy :
Je veux aller après elle.

La dernière stance se termine par ces deux vers :

J'ai perdu ma tourterelle,
Je veux aller après elle.

L'harmonie *phonique* est *concordante* et forme l'unité de la pièce en ce que la rime, *elle*, se retrouve dans toutes les stances et y termine deux vers sur trois, en ce qu'elle frappe, en outre, les deux derniers vers de la pièce. Elle est différée à la fois et concordante dans la rime *oy*, différée de stance à stance, puisque cette rime est croisée, concordante immédiatement pour l'unité de la pièce puisqu'elle se trouve dans toutes les stances.

L'harmonie *psychique* consiste en ce que deux vers du premier tercet apparaissent alternativement à la fin de chaque stance, absolument comme dans le virelai nouveau que nous venons de décrire. Les mêmes phénomènes d'harmonie à la fois concordante et différée s'y produisent, par conséquent de stance à stance ; quant à l'harmonie qui fait l'unité définitive du poème, elle consiste en ce que la pièce finit par les deux vers, rimant ensemble, du tercet initial. Cette harmonie est différée. En effet, le retour des deux vers du tercet initial rimant en *elle* se fait attendre jusqu'à la fin ; l'un des deux revient bien alternativement à la fin de chaque stance, mais c'est précisément ce retour alternatif, par conséquent, partiel et incomplet, qui fait naître le désir, le besoin même du retour total. Il est digne de remarque que le retour se fait dans le même ordre que dans le premier tercet pour que les vers reviennent même dans leur ordre et produisent la même impression, le vers médian du premier tercet seul ne revenant pas et s'étant trouvé effacé en route par l'impression continue qu'ont faite les deux autres vers au moyen de leurs *retours alternants*. Enfin, la dernière stance a un caractère *épodique*, en ce qu'il forme un quatrain, au lieu du tercet composant les strophes.

7° *Le Rondeau redoublé* et la *Glose*.

Nous rapprochons ces deux poèmes qui ont entre eux une étroite affinité.

Commençons par la *glose*, moins complète.

La *glose* est le virelai nouveau redoublé, et moins la fin.

Il commence par un *refrain initial* formant quatrain :

> *Job de mille tourments atteint*
> *Vous rendra sa douleur connue,*
> *Mais raisonnablement il craint*
> *Que vous n'en soyez pas émue.*

Ce quatrain initial est suivi de quatre autres formant strophes, et dont chacun se termine par un des vers du quatrain ci-dessus.

Le quatrain initial est le double du distique initial du virelai nouveau. Les stances suivantes, au lieu de répéter à l'infini alternativement un des vers du distique, répètent chacune un des quatre vers du premier quatrain dans leur ordre.

L'harmonie est moins puissante ; celle *phonique* consiste en ce que chacun des quatrains rime avec l'un des vers du premier. La *psychique* consiste en ce que la première stance se trouve rappelée partout dans un de ces éléments ; le *leit-motive* ne fait donc pas défaut. Enfin l'*unité psychique*, résultat de cette harmonie, consiste dans l'*épuisement des éléments de la première strophe*. Cette harmonie est *différée* ; en effet, le retour du premier vers du quatrain initial à la fin du second quatrain fait naître le besoin de voir reparaître le second vers de ce quatrain initial à la fin du troisième quatrain, et ainsi de suite. L'épuisement du premier quatrain suffit donc pour la satisfaction de l'harmonie, sans qu'il y ait ici besoin d'épode, de retour total à la fin, aussi ne l'y trouvons-nous pas.

L'harmonie de la glose est donc suffisante, même l'harmonie psychique différée, laquelle résulte assez de l'épuisement du retour partiel de tous les vers du quatrain initial. Cependant elle prête à une critique. Cette harmonie différée psychique formant l'unité de la pièce est toute en dedans, toute abstraite pour ainsi dire ; en d'autres termes, ce poème n'a pas de fin marquée, pas d'épode. Cela contrarie non-seulement les habitudes, mais le besoin puissant de l'épode à opposer à la strophe et à l'antistrophe, lequel est dans la nature psychique même de l'homme.

C'est à cette objection que répond le *rondeau redoublé*. Il crée cette harmonie psychique finale apparente par l'introduction d'une dernière stance qui ne finit par aucun des vers de la stance initiale, mais à laquelle on ajoute les premiers mots du premier vers de la première stance, lesquels terminent ainsi la pièce comme dans le rondeau. L'harmonie psychique se trouve ainsi parfaite et tangible.

J'ajouterai que l'épuisement du retour partiel de tous les vers de la première strophe avait inspiré le besoin de les voir réapparaître tous ensemble, besoin qui ne pouvait être satisfait que soit par la réapparition de la première strophe entière comme refrain, soit par le résumé de cette strophe ; or quel résumé peut être plus énergique que la réapparition des premiers mots si l'on a su placer dans ces premiers mots l'idée dominante de la pièce !

Cette harmonie ressemble à celle des morceaux de musique où l'on doit finir dans le même ton qu'au commencement, et par la tonique initiale.

8° *La Chanson.*

Nous venons de voir dans différents poèmes se former un *refrain* établissant l'unité psychique, refrain à la fois psychique et phonique formé de la répétition du même vers à la fin de chaque strophe, ou simplement psychique consistant en la répétition, en certains endroits du poème, et surtout à la fin, de plusieurs mots formant un sens. Ici apparaît le *refrain total*, c'est-à-dire la répétition après chaque stance d'un nombre de vers rimant entre eux et toujours les mêmes formant refrain. En réalité, c'est la seconde moitié de la première stance qui doit former ainsi la seconde moitié de chacune des autres stances.

Ce *processus* a déjà lieu dans la ballade, mais au point de vue phonique seulement, la seconde moitié de chaque stance rime de stance à stance. Ici l'harmonie est psychique et phonique à la fois, puisque les vers entiers sont les mêmes.

L'harmonie consiste en ce retour continuel du refrain, il y a donc la première fois, c'est-à-dire au premier retour, *harmonie concordante*, et lors des autres retours *harmonie différée*; voici comment. Lors du premier retour, rien ne l'a fait prévoir; son arrivée procure un plaisir harmonique, mais non attendu, il y a donc harmonie simple; puis ce premier retour crée le besoin d'un second, le fait espérer, fait craindre qu'il ne revienne pas : c'est précisément l'*harmonie différée*. Entre chaque retour se place une strophe qui étend le sens, le fait marcher en avant, ou diverger, jusqu'à ce qu'il *revienne en arrière*; on a ainsi la *strophe*, l'*antistrophe* et le *refrain* qui sert d'*épode*.

Mais la chanson possède une particularité qu'il partage avec l'opéra du genre scénique, celle de se chanter. *Ici la poésie confine à la musique*, non par sa conversion en ce dernier art, mais par sa jonction avec lui. C'est ce qui fait que la chanson reste la plus populaire de toutes les poésies, et peut servir de *type à la poésie lyrique*. Le refrain est alors à la fois psychique, phonique et musical; en effet, il se marque par le retour du même air, et par une harmonie concordante musicale, lorsque souvent une discordance musicale est intervenue dans l'intervalle.

Le refrain est au triple point de vue *psychique, musical* et *phonique*, plus court ou plus long, en général plus court que le couplet, et à ce titre encore il a bien le caractère d'*épode*. Il a un mouvement différent. Enfin il se chante en *chœur*, tandis que les couplets, la strophe et l'antistrophe, en *solo*. *C'est le descendant direct du chœur antique.*

Le chant supplée ce qui peut manquer à la chanson au point de vue phonique; aussi les rimes y sont-elles souvent négligées et se réduisent à de simples assonances.

A la chanson se rattachent certains poèmes innommés qui présentent des embryons de refrains.

Ainsi la stance est souvent constituée de manière à ce que le vers de la fin reproduise celui du commencement, mais alors on sort du poème pour entrer dans la constitution intérieure de la stance.

Mais chaque stance peut finir par un vers, le même dans chaque stance, et qui forme cependant partie intégrante de chacune sans en être détaché. C'est alors un refrain composé d'un seul vers, et non détaché.

Enfin ce refrain peut se composer d'un vers, toujours le même, intercalé dans chaque stance et qui ne rime pas avec les autres vers de cette stance.

9° La Sextine.

Nous nous sommes élevés des *refrains partiels* consistant en un *seul vers*, m. ntant quelquefois à *deux vers* à la fin du poème, jusqu'au *refrain complet* comprenant une *strophe* entière, une *épode* psychique ; nous allons maintenant *redescendre* à la *rime psychique*, c'est-à-dire au retour, au refrain ne consistant que dans un *seul mot à la fin de chaque vers*. Mais ce retour n'est plus dans le dernier vers seul de la stance, il affecte successivement tous les vers.

La répétition des mêmes mots à la fin de chaque vers peut être aussi considérée comme une *rime très riche* et de *strophe à strophe*, et par conséquent, à ce point de vue, *devient phonique* et ne serait plus psychique. Ce qui porterait surtout à le penser, c'est qu'on évite de prendre les mots de retour, surtout lorsque les vers qui les contiennent se suivent, absolument dans le même emploi. Aussi avons-nous analysé ailleurs la sextine parmi les poèmes phoniques et nous ne reviendrons pas sur cette analyse.

Pourtant il faut noter que dans la sextine les mots ne peuvent être pris dans des sens absolument différents ; ainsi on ne saurait faire se correspondre *mousse* (végétal) et *mousse* (matelot). Donc il n'y a pas là simple assonance très riche, mais bien *rime de mot à mot*, c'est-à-dire d'*idée à idée*. Comment s'explique la variation de direction de sens, cherchée et même exigée pour le charme de la sextine ? Une observation plus attentive fait découvrir que l'harmonie psychique particulière consiste ici non à *varier le sens* des mots, ce qui serait précisément interdit, mais à établir une *harmonie discordante* entre deux éléments psychiques, entre deux pensées contenant la même idée. Si la même idée se trouve reproduite, surtout immédiatement dans la même pensée, il n'y a plus harmonie, mais identité, ce qui est bien différent; on n'a pas bougé de place. Si la divergence est très petite entre les deux pensées contenant l'idée commune, alors de même que deux notes très peu différentes qui se suivent font souvent un air faux, de même il y a fausse harmonie; si, au contraire, les deux pensées sont très distantes, si elles sont écartées par toute une *octave psychique*, alors l'harmonie est parfaite, et la surprise agréable de voir la même idée comprise dans deux pensées si différentes constitue une harmonie psychique particulière sur laquelle nous reviendrons.

On peut y comparer, dans l'ordre de l'application de l'élément psychique à l'élément phonique, la surprise agréable de l'*harmonie discordante* qui naît de la répétition du même mot, dans un sens différent, et dans une harmonie purement rythmique, par exemple : *pouce* et *pousse*, et aussi la loi qui veut que la rime frappe d'autant plus que les mots qui la portent sont plus éloignés l'un de l'autre, soit par leur rôle grammatical, soit par leur étymologie.

Ce que nous voulons retenir de la sextine, c'est sa *rime purement psychique*.

Nous avons vu ailleurs qu'à côté de la sextine se trouvaient des vers d'égale structure, mais sans épode, et dans lesquels l'ordre de répétition des mots finaux n'est pas exactement le même.

10° *Le Ghazal* et le *Casside*.

Cette forme persane de poème repose sur le principe de la *rime purement psychique* aussi bien que la sextine.

Elle a, de plus, deux particularités :

1° Dans ce poème *il n'y a pas de stances*. Il ne se compose que d'un certain nombre de vers, mais ces vers forment une véritable unité par les vers psychiques.

Remarquons que nous avons trouvé, par contre, des *stances* qui ne forment pas un poème, celles du *triolet*.

2° Dans ce poème les vers, sauf les deux premiers, n'ont de rime, soit psychique, soit phonique, que *de deux vers l'un.* Il y a toujours entre deux un vers qui ne rime pas, *un vers blanc.* Cependant on ne s'aperçoit pas de sa présence, ou plutôt on a la sensation qu'il rime, quoiqu'il ne rime pas en réalité. Cette sensation est produite par la force des rimes réelles qui l'entourent et leur répétition incessante. Il y a sur le vers non rimant un écho, un reflet, une illusion de rime.

3° La rime psychique consistant dans la répétition du même mot pris dans le même sens dure pendant toute la pièce. On lui donne d'abord une base pour montrer que c'est bien ce mot qui devra être répété de deux vers l'un. Cette base consiste dans sa rime avec lui-même, sans interstice au début.

Voici un exemple du *ghazal* ; le *casside* est identique, et n'en diffère que par sa longueur qui est plus grande, et son sujet qui est plus grave.

> *La lionne aime en son grand cœur,*
> *La fourmi dans son petit cœur,*
> *La femme aime aussi dans son âme,*
> *Et dans son sein et dans son cœur*
> *L'amour différent est le même.*
> *Différent de même est le cœur.*
> *La sève est du sang pour la plante,*
> *Et sous l'écorce bat son cœur :*
> *Elle aime, elle fleurit et sème,*
> *Et la hache la frappe au cœur.*

Le *ghazal* psychique peut dégénérer en *ghazal* purement rythmique ; dans ce cas, au lieu de la répétition du même mot de deux vers l'un, se trouve simplement la répétition de la même rime. Entre les deux rimes se trouve toujours un vers non rimé, lequel apporte cependant par cette place habilement ménagée la sensation de la rime.

11° Le Sonnet.

Nous avons examiné ailleurs le sonnet au point de vue phonique, nous ne l'envisageons plus qu'au point de vue psychique. En effet, le *sonnet* est un *poème double* et à peu près en égale proportion, c'est à la fois un *poème phonique* et un *poème psychique*.

Au point de vue psychique nous sortons ici et du refrain et de la rime psychique, ce refrain réduit à sa plus simple expresion.

L'harmonie psychique du sonnet consiste à ce que dans chacun de ses quatrains, c'est-à-dire dans sa *strophe* et dans son *antistrophe*, on a *deux pensées différentes*, qui sont *divergentes*, ou du moins qui ne sont le développement l'une de l'autre, qui n'ont pas de lien logique apparent, et en ce que la *solution de cette divergence*, de cette *disharmonie* ou *harmonie différée* psychique se trouve dans l'*épode*, c'est-à-dire dans les *tercets* où la conciliation se fait entre les deux pensées, d'une manière inattendue, ce qui constitue le *trait final*. Des deux tercets, constituant l'épode, l'un sert de transition.

Ce qui fait le charme du sonnet, c'est qu'il est autant psychique que phonique.

12° *La Cancion.*

La cancion est un poème espagnol qui consiste en deux strophes seulement; la seconde a le double d'étendue de la première; la première strophe contient la pensée fondamentale qui est modifiée dans la première partie de la seconde strophe, mais qui revient dans la seconde partie de celle-ci avec la même rime et le plus souvent avec les mêmes mots.

Il est facile d'y découvrir la *strophe*, l'*antistrophe* et l'*épode*, la première consistant dans la première strophe, la seconde dans la première partie de la seconde, la troisième dans la seconde partie de la même.

L'*épode* contient la *solution de l'harmonie différée*; cette solution consiste dans le retour des mêmes rimes que celles de la strophe, quand le poème est purement phonique; 2° dans le retour des mêmes mots, quand le poème est psychique.

La *cancion* peut s'étendre à un plus grand nombre de strophes; alors il touche à la *chanson*; c'est une chanson dont le *refrain* consiste non plus dans la répétition des mêmes vers formant un ensemble nommé *refrain*, le refrain proprement dit, mais dans la répétition des mêmes mots finaux.

Il existe aussi une chanson purement phonique consistant dans le retour régulier entre deux stances à rimes différentes d'une stance ayant toujours les mêmes rimes.

La *cancion* est entre les deux.

Voici un exemple de la *cancion* :

> *Si j'étais petit oiseau*
> *Je volerais dans l'espace,*
> *Et vers le ciel d'un seul saut ;*
> *Tu resterais à la place.*

> *Et si l'oiseau c'était toi,*
> *Tu t'envolerais de même,*
> *En un instant loin de moi,*
> *Loin de moi pourtant qui t'aime.*
> *Mieux vaut être vermisseau*
> *Que d'être l'oiseau qui passe.*
> *Si j'étais petit oiseau,*
> *Je volerais dans l'espace.*

13° *Le Tercet à refrain.*

Nous avons décrit le *tercet* à sa place parmi les *poèmes purement phoniques*. Une *modification* peut le rendre aussi *psychique*. On peut le doter d'une sorte de refrain. Ce refrain ne consiste que dans un seul vers ; ce vers ne rime avec aucun des autres, et il a ceci de particulier qu'il constitue un *leit-motive* très marqué, une harmonie à la fois concordante et discordante.

Voici un exemple de ce tercet :

> *J'étais triste, étant né trop faible dans ce monde,*
> *Où malheur au vaincu, paix et joie au vainqueur,*
> *Je regardais tremper un saule en l'eau profonde :*
> *La rivière dormait.*

Et l'ombre descendait lentement sur mon cœur,
L'ombre épaisse des soirs où la nuit s'amoncelle,
Je songeais, de mes jours remontant la rancœur :
      La rivière dormait.

Ici la rime consiste dans la répétition d'un vers blanc, le même à la fin de chaque strophe. C'est un refrain dans le genre de celui du rondeau, avec cette différence qu'il ne s'agit pas ici d'un membre de phrase initial de la strophe, mais au contraire d'un final, avec cette autre différence qu'il s'agit de répétition de proposition entière, c'est-à-dire non d'une simple idée, mais d'une pensée, avec cette troisième, que, tandis que les mots répétés du rondeau, s'ils ne se joignent pas par le rythme, se joignent par le sens avec ce qui précède et ce qui suit, le refrain de ce tercet se sépare par le sens de tout le reste et renferme un ordre d'idées parallèle. La ressemblance consiste en ce que les mots répétés sont importants et dominants dans la pièce.

La particularité du refrain ici est de renfermer une idée parallèle à celle des strophes, et de constituer par conséquent dans l'intérieur de chaque strophe une *harmonie discordante psychique*. Par là il se rapproche du pantoun, mais c'est un refrain à pensée parallèle et divergente. Au contraire, de strophe à strophe, ce refrain constitue une convergence, une harmonie différée, il est vrai, mais qui trouve sa solution.

La discordance entre chaque strophe et son refrain est-elle insoluble et se continuera-t-elle jusqu'à la fin de la strophe ? Cette divergence d'ailleurs est-elle complète ? Ici on peut faire les mêmes réponses que pour le pantoun. La divergence n'est pas absolue, elle cache un rapport, une harmonie au fond, harmonie intime dont la découverte est un vrai plaisir psychique. De plus cette disharmonie, telle qu'elle subsiste, peut trouver une solution à la fin, les deux idées à force de marcher se rapprochent et se confondent, au contraire le parallélisme peut subsister, mais, sous ce parallélisme apparent, l'harmonie intime et profonde a pu se resserrer davantage.

14° La Ritournelle psychique.

Nous avons exposé ailleurs le mécanisme particulier de la *ritournelle* et sa particularité consistant en ce que dans les ternaires un des vers ne rime qu'imparfaitement avec les autres et par simple assonance.

Quelquefois l'un des vers se répète dans tous les ternaires, ce vers est souvent plus court. Alors il ne s'agit plus de simples stances, mais d'un poème, et ce poème est de nature psychique.

Voici un exemple de cette *ritournelle* :

> *La ritournelle,*
> *Elle tourne toujours et n'est jamais nouvelle,*
> *C'est le même destin qui tient la manivelle.*
>
> *La ritournelle,*
> *C'est d'abord un oiseau répondant à l'oiselle,*
> *Le battement d'un cœur, l'éclat d'une étincelle.*
>
> *La ritournelle,*
> *C'est le bruit du ruisseau frais et secret comme elle,*
> *Du ruisseau vif qui court, du ruisseau qui ruisselle.*

L'unité du poème et l'harmonie consistent en ce que le même vers revient comme un refrain partiel au commencement de chaque strophe. Cette harmonie est différée, parce qu'on attend ce vers pendant toute la durée de la strophe précédente.

Le retour très prompt de ce vers, puisque chaque ternaire ne se compose que de trois vers, lui donne un caractère tout particulier, celui d'une *insistance réitérée*. Aussi, le vers répété, le petit vers, doit être d'une grande importance et exprimer un sentiment ou une image essentielle. Cette évocation persistante du même objet ou de la même impression dans ces conditions possède un grand charme.

Il n'y a pas ici d'épode, mais l'unité du poème est constituée par la répétition dernière du vers répété.

15° Le Lied.

Ici, le genre est tout psychique ; bien plus, il ne trouve aucune base, ni aucun accompagnement par une unité rythmique ; enfin il ne se dégage pas d'une manière apparente : il consiste tout entier dans la pensée.

Le *lied* consiste dans une réunion de trois stances ou d'un plus grand nombre, sans rythme particulier, exprimant une idée, une impression courte, fugitive, dans tous les cas ; c'est la *photographie d'une sensation, d'une pensée qui passent*; c'en est, par conséquent, aussi, la *réduction à la proportion d'une miniature*. Mais quand y a-t-il un *lied?* Rien n'en avertit. Le sentiment exprimé est rapide, souvent vague, et le poète ne lui donne pas de titre ; ce titre, ce sera un plaisir de le trouver.

Voici en quoi consiste l'unité toute psychique du poème. Comme dans le sonnet, l'idée décisive, le trait se trouve à la fin; on marche tant qu'on ne l'a pas découvert ; quand cela est fait, on s'arrête.

Très souvent les *lieds* viennent par série. Ils sont plus caractéristiques alors, présentent toute la suite des idées où l'esprit et le cœur du poète ont passé. Y a-t-il un lien entre toutes ces idées ? Non, pas un lien bien logique, mais un lien d'impression, le ton est le même. Quelquefois ce lien est plus serré, quoiqu'on saute d'un sentiment à l'autre, il y a un fond commun, un *leit-motive* qui se retrouve au trait final de chaque *lied*.

Comme dans le sonnet, le *trait final* forme l'*épode* ; seulement ici l'épode ne se dégage pas phoniquement, reste psychique et latente.

Tels sont les différents poèmes psychiques. Comme on le voit, tantôt ils sont purs, tantôt ils sont mélangés de poèmes phoniques. Leur criterium consiste en ce qu'il y a chez eux répétition soit d'une stance, soit de deux ou d'un seul vers, soit d'un membre de vers initial, soit d'un seul mot final, tandis que dans le poème phonique il n'y a répétition que de rimes. Mais la division en strophe, antistrophe et épode appartient aussi bien au poème psychique qu'au poème phonique, quoique se réalisant d'une manière un peu différente par une conclusion de pensée et non plus par une conclusion de rimes.

L'harmonie du poème psychique, qui en constitue l'unité, est une *harmonie différée*.

Tels sont les différents poèmes au point de vue psychique, et les trois grands genres qui les contiennent : l'épique, le scénique, le lyrique.

Les mêmes phénomènes vont se passer dans l'intérieur du poème, que nous avons vu se passer dans l'intérieur du vers lui-même, de vers psychiques. Les matériaux employés sont identiques; ce sont toujours des visions, des auditions, des sensations plastiques d'un côté ; des sentiments, des pensées de l'autre; le poème dans son ensemble gardera la direction de l'ensemble des sentiments employés à le remplir.

C'est un point sur lequel nous appelons l'attention. Le genre scénique est un genre unique, mais suivant que les sentiments employés sont gais ou tristes, il prend la direction de la comédie ou de la tragédie ; de même, la poésie lyrique, celle de la chanson comique ou de l'élégie. Ces modifications ne sont pas *intrinsèques* à ce qui constitue l'unité du poème, mais seulement extrinsèques.

Cette unité elle-même est cimentée, comme nous l'avons vu, tantôt par l'unité du sujet lui-même, comme dans le poème épique et dans certains poèmes lyriques, tantôt dans le retour de la même strophe à certaines places, ou du même vers, ou du même hémistiche à certaines places aussi, ou seulement phoniquement par le retour des mêmes rimes, tantôt enfin par la dissimilation des strophes et la constitution de l'épode.

C'est sur le second de ces moyens que nous voulons revenir un instant. Le type en est le *refrain*, tantôt complet, tantôt abrégé. Il correspond en poétique à ce qu'est en musique le *leit-motive*.

Le *leit-motive* en musique constitue l'unité du poème scénique, en ce qu'il rappelle de temps en temps et dans des circonstances entièrement différentes un *sentiment fondamental* développé au commencement, et qui doit tout dominer. Cet écho profond, court, fréquent, produit le plus puissant effet, et forme une des plus heureuses découvertes de la musique moderne. C'est exactement le refrain de la chanson, le dernier vers de la ballade, le mot du rondeau.

Mais le *leit-motive* en diffère en ce qu'il a lieu dans des poèmes de plus longue haleine, et en ce que son retour est plus éloigné, plus imprévu. C'est le refrain, mais transporté dans le poème épique et dans le drame. Les répétitions fréquentes d'Homère en étaient un pressentiment.

Il appartient à l'avenir de l'art poétique d'utiliser cette découverte de la musique et d'introduire le *leit-motive* dans le poème épique et dans le poème scénique.

DU STYLE POÉTIQUE.

Le côté psychique de la poésie comprend, à côté de la pensée proprement dite, *le style* qui s'y attache étroitement. Il ne faut pas confondre *le style* avec *le rythme*. Il est presque partout indépendant de la versification. On peut avoir un vers régulier sans posséder le style poétique.

Ici les considérations sont d'ordre esthétique, livrées à la controverse et échappant souvent à une observation exacte et matérielle, nous nous y arrêterons donc beaucoup moins.

Tout d'abord doit-il y avoir un style poétique particulier? Est-ce que tout en observant le rythme, puisqu'on peut dire en vers tout ce qu'on peut dire en prose, on ne doit pas le dire librement et de la même manière?

Comme nous procédons expérimentalement, avant de savoir s'il doit exister un style poétique spécial, voyons si, en fait, il en existe et s'il en a toujours existé un.

L'affirmative est certaine. La poésie était le langage des dieux sans aucune métaphore. De même que certaines nations professent le *bilinguisme*, c'est-à-dire qu'elles ont un langage pour les hommes, et un autre langage considéré comme inférieur pour les femmes ; de même que beaucoup de peuples ont, à côté de leur langue usuelle et profane, une langue sacrée employée au culte, de même ils réservent au sentiment un langage plus élevé, sinon dans ses mots, du moins dans son style. Cependant ils ont, sur ce point, obéi à des tendances tout à fait diverses, qui font que le langage de la poésie est tantôt plus élevé, tantôt moins que le langage ordinaire, il ne lui est, d'ailleurs, jamais adéquat; examinons *ces deux tendances.*

La première, la plus commune, donne au langage poétique plus d'élévation qu'au langage ordinaire. *Mais le motif ne fut point celui d'honorer la poésie.* Celle-ci était née des cérémonies du culte, s'en était lentement détachée. On honorait les dieux par un langage plus élevé. La poésie y acquit sa langue particulière et la conserva. Tous les peuples de l'Orient, les Grecs, et, dans leur poésie imitant la poésie grecque, les Romains ont procédé de cette façon. Ajoutons que les peuples de l'Orient ont souvent *quatre* ou *cinq styles*, et même des langages partiels différents selon la dignité du sujet ou celle des personnes auxquelles on s'adresse. Cela se remarque surtout chez les Chinois, les Japonais et les Javanais. La poésie alors doit posséder au-dessus de toutes autres qualités la distinction du style, sa solennité.

Ce système a parmi des avantages de grands inconvénients. Ces avantages sont un style toujours plus châtié, plus élevé; d'autres consistent en ce qu'en s'écartant du langage ordinaire on peut se donner certaines licences grammaticales qui ne choqueront pas, puisqu'il s'agit d'un langage artificiel et d'exception. Les inconvénients sont graves : avec la suppression du langage naturel, le naturel du sentiment disparaît; les sentiments et les idées deviennent *plus élevés que nature, extra-humains*, perdent leur impression. On arrive très vite à des tirades déclamatoires et quelquefois à de simples jeux de mots. C'est une politesse perpétuelle, ennuyeuse et fatigante. Le choix des mots eux-mêmes est dicté d'avance. Le *cheval* s'appelle un *coursier*; les hommes, les *mortels*; il y a parmi les mots noblesse et roture.

Cependant, il est incontestable que tel est le langage général de la poésie. Il a exprimé la poésie sanscrite elle-même qui malgré ses nombreuses beautés et sa riche versification n'est qu'une poésie conventionnelle et raffinée. Lorsque cependant les nations arrivent à un certain degré de l'évolution, les hommes ne peuvent plus s'accommoder d'une telle poésie au milieu des progrès des sciences et des autres arts, la trouvent surannée, s'en dégoûtent, et si la poésie ne prend pas un autre style, c'en est fait d'elle tout entière.

La *seconde tendance*, absolument contraire, se produit lorsque la poésie a pris naissance plutôt dans l'instinct populaire que dans les cérémonies du culte, ou lorsque ce culte qui l'a appuyée fut pendant une période de son existence, non point hiératique et inaccessible, mais franchement populaire. Le fait paraîtra plus frappant si l'on compare la destinée du langage poétique chez deux peuples qui possèdent, pour ainsi dire, chacun deux langues, chez les Anglais et chez les Français.

Personne n'ignore que dans l'anglais il y a *superposition* de mots franco-normands aux mots anglo-saxons, et que souvent, pour exprimer la même idée, il y a deux mots ayant chacun une de ces provenances. Le mot franco-normand est celui d'un conquérant, l'autre celui du vaincu, aussi le premier est-il plus noble. Le mouton, le bœuf *vivants*, tels que les produit la démocratie du paysan anglais, portent des noms anglo-saxons : *sheep*, *ox* ; le mouton, le bœuf de *boucherie*, tels que les mange l'aristocratie anglaise, portent des noms plus nobles, les noms franco-normands : *mutton*, *bref*. De même les mots abstraits, de science et d'art, sont franco-normands ; tous ceux de la vie usuelle sont anglo-saxons.

Hé bien! on va en conclure que la poésie, ou langage solennel, va prendre les mots franco-normands, ainsi que le font les *lords* du reste, auxquels s'adressent les ménestrels. Nullement; c'est l'autre langage, le rustique et vulgaire qu'elle choisit.

Pourquoi? Parce qu'elle vient directement du peuple et non du temple, exprime son sentiment naïf par son langage naïf.

Les conséquences de cet accident historique sont très grandes. Dès lors la poésie anglaise est née avec un caractère bien marqué, populaire, naïf, simple, intime qu'elle ne perdra plus, et qu'elle transmettra plus tard à d'autres littératures.

Dans son état actuel, elle n'a pas changé. Elle opère encore le triage de son vocabulaire, et *dans le même sens*. Elle emploie de préférence les mots d'origine anglo-saxonne, c'est-à-dire d'usage ordinaire plus humble, elle n'admet qu'en proportion restreinte les mots franco-normands et les mots savants ; ces derniers sont réservés pour la pensée et pour son langage spécial, la prose ; le vieux fond anglo-saxon fournit presque tout à la poésie. La prosodie elle-même se ressent de cette distinction essentielle. Elle est fixe, bien réglée, fondamentale, pour les mots anglo-saxons; au contraire, s'agit-il des mots franco-normands, elle est incertaine, capricieuse, souvent indéterminée. La versification reposant sur l'accentuation on peut *ad libitum* accentuer un mot franco-normand de manières différentes et cela suivant le contexte des mots anglo-saxons : l'accentuation ambiante de ces derniers détermine seule celle des mots franco-normands, toujours par conséquent moins rythmiques.

Jamais le langage poétique de l'anglais n'est adéquat à son langage de prose écrite ; il est, non pas plus solennel, mais plus familier.

: Cette tendance contribua à former le génie original, prématuré dans l'histoire, de Shakespeare, car le langage et le style réagissent puissamment sur la pensée.

· Cependant souvent cette direction fut contrariée par l'influence des études classiques, c'est-à-dire par un style artificiel né de l'imitation des anciens. Shakespeare est loin d'avoir échappé à cette influence ; il lui doit tous ses défauts : la *préciosité*, les dissertations, les images outrées ; il doit, au contraire, à la tendance naturelle de la poésie anglaise, la possibilité de toutes ses qualités.

, · La poésie française contraste singulièrement avec l'anglaise que nous venons de décrire, mais non pendant toute la durée de son évolution. Au contraire, son point de départ est le même. Elle est populaire et naïve, elle emprunte le langage de tous, du reste il n'y en a pas d'autres, et reste telle jusqu'au XVIe s.

Mais au XVIe siècle l'évolution est contrariée par une réaction. Il se forme une seconde langue française qui se superpose à la première, une langue savante reprise au latin et qui pour beaucoup d'idées, se cumulant avec l'autre, produit les doublets. Cette langue nouvelle est introduite dans la poésie par Ronsard qui, comme dit Boileau, parle grec et latin en français, et fait envahir le langage poétique par cette langue nouvelle ; la tentative était trop violente et dut reculer. On en revint à une langue moins tourmentée, mais ce ne fut que l'exagération qui fut détruite, le principe resta, et la poésie du XVIe siècle devint celle du XVIIe, c'est-à-dire une poésie se retranchant dans le style noble. Aucun mot vulgaire et de la vie quotidienne ne fut plus admis, et les *commodités de la conversation* que Molière critique avec esprit étaient pourtant celles de la conversation poétique des poètes ses contemporains.

. L'évolution resta longtemps ainsi arrêtée, ou plutôt rebroussa de plus en plus chemin, car on en vint à trier de plus en plus pour obtenir un langage plus élevé, mais en même temps plus artificiel.

Mais Victor Hugo sentit que le langage poétique se perdait dans cette voie et entraînait dans sa perte la pensée poétique lui-même. Il rompit brusquement avec la langue de seconde couche, la langue savante, et ramena le langage poétique aux mots naturels, à ceux que tout le monde comprend, même le peuple. C'est un des points les plus importants de la révolution romantique, laquelle, au fond, n'est pas une révolution, mais un retour à l'évolution. Mais ce retour n'a pu atteindre jusqu'au point de l'évolution anglaise ; dans l'état actuel, le langage poétique français est à peine adéquat au langage normal, il reste un peu plus élevé, tandis qu'en anglais il est plus simple que le langage normal.

Telle est l'évolution du langage poétique. Maintenant lequel des deux systèmes faut-il choisir? Ou faut-il confondre ce langage avec le langage ordinaire?

La langue et le style poétiques n'ont jamais été et ne doivent pas être ceux de la prose, car les uns expriment la pensée courante, les autres le sentiment, et les concepts différents veulent de différentes expressions. Mais la langue du sentiment, c'est-à-dire de la poésie, doit être la plus simple, la plus naturelle de toutes, bien loin d'être plus compliquée ou plus solennelle. Le vers est le *cri modulé* ; il répugne aux mots et au style savants, aux longues et difficiles périodes. Oui, le langage poétique doit être différent de celui de la prose, mais pour devenir plus naïf et plus simple.

Examinons maintenant, en partant de ce point, quels doivent être les qualités et les particularités du langage poétique.

Il doit se distinguer du langage de la prose : 1° par le *choix des mots*, 2° par le *choix des temps et des modes*, 3° par sa *syntaxe plus elliptique*, 4° par ses *néologismes particuliers* et ses *archaïsmes*, 5° par ses *coupures plus fréquentes*.

Quant aux qualités spéciales qui doivent le distinguer, et qu'il réalise par les moyens qui viennent d'être indiqués, ce doivent être : 1° la *clarté*, 2° la *simplicité*, voir la *naïveté*, 3° le *mouvement*, 4° le *naturel*.

Le choix des mots est essentiel, et forme le point de départ ; il est comme la *lexiologie spéciale de la poésie*. Tous les mots ne conviennent pas à celle-ci ; mais ceux qui ne conviennent pas sont précisément ceux que l'école classique adoptait seuls.

On doit rejeter : 1° autant que possible les *doublets d'origine savante*, toutes les fois qu'on est en présence d'un doublet de même sens d'origine populaire, à moins qu'on n'ait à exprimer une nuance de pensée que l'autre doublet puisse seul rendre, et encore ne doit-on pas en abuser, car la poésie doit pouvoir être comprise par tout le monde, et non pas seulement par les lettrés ; 2° les *termes techniques* de science ou d'art, de peinture, de musique, à moins qu'ils ne se soient vulgarisés de manière à être compris d'un grand nombre ; ici on doit suivre les progrès de la vulgarisation ; 3° les mots d'une trop grande longueur, moins poétiques que les mots courts et vifs comme le sentiment ; la versification est volontiers dissyllabique, d'ailleurs, au point de vue rythmique ; on se procure ainsi l'iambe si naturel à la versification française.

Du choix des mots se rapproche le *néolojisme.* Lorsqu'une nuance de sentiments a besoin d'une expression nouvelle, condensée et frappante, le néologisme est légitime pour l'exprimer. Mais le néologisme est de deux sortes, on peut le tirer par nouvelle formation de la couche savante, ou de la couche populaire. Dans le premier cas on arrive à l'*artificiel de l'artificiel*, et l'on court le risque de n'être compris que de soi. La longueur du mot devient souvent démesurée. Dans le second cas, au contraire, on pénètre plus profondément dans le naturel. Cependant certaines langues, la langue française, par exemple, résistent par leur génie particulier à de trop nombreuses dérivations. Il y a là une question de tact ; le mot *enténébrer* est légitime et ne dépasse pas la mesure, le mot *enténèbrement* la dépasse, parce qu'il *dérive deux fois,* ce qui éloigne trop du *mot normal ;* au contraire, si le mot *enténébrer* était devenu *usuel,* le mot *enténèbrement* deviendrait possible. Quant au mot *endeuiller,* qui a le même mode de formation, il serait insoutenable, pourquoi ? Parce que le mot usuel très court se trouve à disparaître presque entièrement dans cette dérivation ; il faut que le mot usuel domine dans le conglomérat, son impression fait alors comprendre le reste.

Le *néologisme,* au lieu d'être *en avant* du langage usuel, peut être *en arrière* ; c'est alors l'*archaïsme.* L'archaïsme a un grand charme, et est toujours sûr d'être compris. Il épargne des néologismes véritables ; c'est un néologisme déjà vécu. Le vieux français est sous ce rapport une source très riche, et il est d'autant plus près de notre intelligence qu'il s'est conservé en partie dans le langage de nos paysans.

Ceci nous amène aux *patois* et à l'*argot.* Le patois a été employé très heureusement en prose par Georges Sand, et l'argot en vers par Richepin. Ils donnent une grande saveur au langage.

Les palois ont la naïveté du vieux français, ils offrent une foule de nuances et présentent contre les doublets d'origine savante des doublets de langage populaire qui remplacent ceux qui ont souvent disparu du langage normal.

L'argot a moins de puissance. Il est plus souvent grossier, et c'est plutôt une dégénérence qu'une restauration du langage. Cependant il peut fournir des termes énergiques.

Le langage, et surtout le langage poétique, se retrempe dans ces éléments populaires comme dans sa source; il se défend ainsi contre les entreprises du langage artificiel et savant.

Une dernière source de néologisme est celle qui dérive des langues étrangères. L'invasion des mots étrangers dans la prose même, est très grande en français. On ne dit plus le chez *soi*, mais le *home*, la *collation*, mais le *lunch*; la poésie a été envahie à son tour : le *souvenir* est devenu la *remembrance*.

Ce néologisme est moins naturel; la vie internationale n'est pas encore assez intense pour avoir vulgarisé ces mots en dehors de l'effort des littérateurs; c'est tout au plus un souvenir de voyage. Mais il tendra à grandir avec les relations réelles de peuple à peuple.

Le néologisme, sous les différentes formes que nous venons d'observer, est légitime, il est conforme à la nature de la poésie, mais à trois conditions : 1° celle de *ne pas perdre pied*, c'est-à-dire de ne pas être inintelligible à un grand nombre de personnes; 2° celle de *ne pas parcourir d'un seul coup plusieurs degrés*, nous en avons donné un exemple; 3° celle enfin, la plus essentielle, de *ne pas créer* un mot nouveau, lorsque la nuance est suffisamment exprimée par une expression normale; à ce titre, nous ne comprenons pas la concurrence de ces deux mots : *remembrance* et *souvenir*.

Voilà pour la partie lexiologique du langage poétique; examinons sa partie grammaticale. C'est ici surtout que se réalisent les qualités que nous avons exigées : la clarté, la simplicité, le naturel, le mouvement.

Le système classique avait créé à la poétique une grammaire particulière presque sur un seul point, celui des *inversions*, et c'est précisément celui où l'écart loin de la grammaire normale est faux et dangereux. En effet, l'inversion ne nous est plus naturelle; elle est contraire à l'évolution de la langue française.

Cependant elle peut être conservée pour peindre des choses archaïques, ou pour donner au sentiment une naïveté exagérée à dessein.

Le système romantique a donné une toute autre direction à cette grammaire particulière, et nous voudrions que cette direction divergeât encore davantage.

Ainsi le langage normal veut que dans tous les cas le substantif soit accompagné soit de l'article déterminé *le*, soit de l'article indéterminé *un*; la rapidité du sentiment peut demander très souvent la *suppression de l'article*; il s'agit là d'une licence non pour la commodité du vers, mais pour la liberté de la pensée, ou plutôt du sentiment, ce qui est bien différent et bien plus légitime.

Le langage normal veut que presque toujours deux substantifs, ou deux adjectifs soient séparés par la conjonction *et*; le langage poétique doit encore pouvoir lever cette barrière qui retarde le sentiment ou l'image.

De même, on peut supprimer la répétition des pronoms, des prépositions, des auxiliaires, de tous les mots n'ayant pour fonction que d'exprimer les relations.

Il en est résulté une grammaire spéciale à la poésie, et que j'appelerai la *grammaire elliptique*.

La grammaire elliptique est celle du sentiment, comme la grammaire normale est celle de la pensée; elle correspond à la différence de mouvement qui existe entre l'une et l'autre : *c'est la suppression des intermédiaires*. Rien n'est lourd dans certains cas comme la phrase, ou même la proposition, absolument régulière; elle exige pour la correction un développement très grand, heureux sans doute dans son parfait analytisme pour la clarté, fâcheux pour le mouvement. La poésie veut absolument être libre de ces entraves, sans quoi étouffée elle périrait.

L'ellipse ne consiste pas seulement à supprimer les mots de pure relation, elle consiste aussi à faire servir un seul mot de relation pour plusieurs mots de substance, ce qui est une économie de temps pour le mouvement.

Elle va même jusqu'à supprimer des fractions entières de propositions, et en outre, même des pensées de transition, et ici le procédé touche à la pensée elle-même; elle saute par dessus les pensées intermédiaires; on n'a plus en main que les deux bouts de la chaîne, mais cela suffit, on a la sensation des chaînons du milieu.

Le langage poétique répugne tellement aux mots de relation, aux pronoms, par exemple, que pour les supprimer, elle va même jusqu'à allonger la proposition, ce qui est cependant contre ses tendances. En effet, les pronoms qui abrègent la phrase rendent singulièrement lourde la pensée. Par exemple, la prose dira : *l'amour de l'homme et celui de la femme ne sont pas les mêmes*; il y a abréviation de l'expression, et surtout répétition évitée des mêmes mots ; c'est tout à fait correct, mais c'est sans mouvement, et cela ne frappe pas. Le langage poétique pourra dire : *amour d'homme, amour de femme ne sont pas même amour.* Il est contraire au génie de la langue française de répéter trois fois le mot : *amour,* et les mots : *celui, les mêmes* rendraient la proposition plus élégante. Oui, mais ils lui tireraient la vie et la couleur, et pour lui rendre ces qualités le langage poétique possède l'art suprême.

L'ellipse est l'âme du langage poétique.

Cependant on accuse ces ellipses, au nom d'une certaine école, de rendre le style dur, haché, haletant, et d'être contraire non pas à la pensée poétique, mais à l'euphonie poétique ; cela est vrai quelquefois, mais nous verrons dans le chapitre suivant, lequel doit prédominer, l'élément psychique de la poésie ou son élément purement phonique, et si le rythme, aussi bien que la grammaire, ne doivent pas obéir au sentiment.

Si, pour se rapprocher des mouvements du sentiment, le langage poétique doit devenir elliptique, dans le but de se rapprocher de son naturel il doit éviter certaines tournures, l'emploi de certains temps ou modes qui répugnent au langage le plus usuel, l'*imparfait du subjonctif,* par exemple, tout ce qu'il est impossible d'employer dans l'expression de certains sentiments, comme incompatible avec leurs mouvements.

Enfin la phrase poétique doit être très *coupée*; les longues périodes nécessitées par le développement logique, les divisions et les subdivisions de la pensée ne peuvent s'appliquer aux sentiments. Le sentiment ne peut se diviser et se subdiviser, se présenter par tranches ; il arrive par saccades ou par flux. Il faut lui conserver sa nature dans son expression, ou cette expression est faussée. D'ailleurs, le vers lui-même originairement fut taillé de la longueur d'une pensée poétique ; lorsque la pensée poétique fut devenue plus longue, on lui fournit la strophe, sa phrase, mais la proposition fut toujours bornée au vers. La poésie n'est-elle pas toujours la pensée primitive, pensée courte, d'abord contenue dans la *kurzzeile*, dans l'hémistiche, croissant ensuite, mais moins que la pensée spéciale à la prose. D'ailleurs cette brièveté convient seule à la simplicité, au naturel de la poésie.

Telles sont les particularités que doit présenter le langage poétique, particularités qui le font dans un sens descendre au-dessous du langage moyen, puisque son langage est moins savant, moins abstrait, moins perfectionné. Mais il ne faut pas oublier que cette simplicité nécessaire qui n'est pas d'ailleurs la vulgarité, est compensée, en ce qu'elle pourrait avoir d'excessif, par l'harmonie et les variétés du rythme, de sorte que l'expression poétique consiste en une *grammaire plus simple doublée d'une phonétique plus riche.*

DEUXIÈME PARTIE

APPLICATION DE L'ÉLÉMENT PSYCHIQUE
A L'ÉLÉMENT PHONIQUE

C'est le point où se forme *la poésie totale*, par une action et une réaction incessante des deux éléments.

Nous avons à étudier successivement : 1° l'*application d'ensemble* de l'élément psychique à l'élément phonique dans le rythme ; 2° l'application de l'élément psychique *à chacune des parties* de l'élément phonique.

La première étude est forcément *générale* et *esthétique*, la seconde étude *particulière* et *technique*.

CHAPITRE PREMIER.

APPLICATION D'ENSEMBLE DE L'ÉLÉMENT PSYCHIQUE
A L'ÉLÉMENT PHONIQUE

Avant d'observer cette application, nous devons nous demander tout d'abord si le sentiment et la versification sont unis par une solidarité si étroite que la seconde soit la seule expression du premier.

Non, le sentiment a deux langages à sa disposition, et il use tantôt plus de l'un, tantôt plus de l'autre, suivant les peuples et les degrés de l'évolution.

Ces *deux langages* sont la *versification* et *la prose*. D'abord les sentiments ne s'expriment qu'en vers ; souvent les pensées aussi, puisque la versification fut didactique et mnémonique.

Puis, le domaine du vers se diminue au profit de celui de la prose.

Aujourd'hui en France le genre dramatique passe presque entièrement à la prose ; il en est de même du poème, lequel est devenu le roman ; la poésie lyrique reste seule à la versification.

Dans la poésie scénique, le vers a l'inconvénient de n'être pas naturel ; on y représente des personnages vivants et parlants ; or, dans la vie on ne parle jamais en vers ; les acteurs se voient obligés de déguiser le vers sous une diction où le rythme n'est plus que latent.

Le vers ne pourrait se prêter à la production rapide, et en quantité suffisante pour la consommation de l'œuvre d'imagination et d'observation, par excellence, du roman.

Ces genres en grandissant ont brisé leur moule et n'y rentrent plus.

En outre, le goût du public ne favorise guère la poésie lyrique, seule restée à la versification.

Voilà le domaine du vers singulièrement rétréci.

Il l'est tellement qu'on peut se demander si la poésie exprimée par vers n'est pas condamnée à *périr sous cette forme.*

Il est évident que certaine prose contient autant de sentiment que la poésie elle-même. Nous n'avons pas besoin de citer : Paul et Virginie, Atala et tant d'autres œuvres. Beaucoup de romans modernes expriment des sentiments aussi délicats, aussi profonds que peuvent le faire les meilleurs poèmes.

S'il ne s'agit donc que d'exprimer le sentiment d'une manière très exacte et très vive, la prose y suffit, et la poésie proprement dite, la poésie par le vers, aurait fait son temps.

Il faut que la poésie consiste aussi en autre chose, si elle doit survivre.

Elle consiste, en effet, en une *sensation musicale formelle, plastique, ajoutée* au *sentiment proprement dit* et fondue avec lui dans une *unité indivisible*, sensation *parallèle* au sentiment, mais par une correspondance mystérieuse y répondant, tantôt l'éveillant, tantôt lui servant d'écho. Le sentiment exprimé en prose manque de cet élément.

C'est de cette vérité qu'une école est partie pour professer une erreur. Elle a vu dans la versification, dans l'élément musical, toute la poésie, puisque le sentiment proprement dit peut s'exprimer aussi bien par la prose, et elle a banni le sentiment du vers. Le vers dès lors a tendu à sortir de son vrai domaine et à se confondre avec la musique.

La vérité est que le sentiment exprimé par la poésie peut l'être par la prose, mais qu'alors au sentiment ne se joint plus la sensation musicale, auditive, que c'est cette union intime qui a son charme particulier, qu'il ne faut pas la rompre, sans quoi *le sentiment devient prose, la sensation indivisible, mais divisée, devient musique, et la poésie disparaît,* comme les corps, résultats de combinaisons, dont on ne trouve plus un seul des caractères, ni même le nom ni la trace, après une dissociation chimique.

Ici se place une des questions esthétiques les plus graves qu'on ait jamais agitées. Lequel doit l'emporter dans la poésie, l'élément psychique ou l'élément rythmique, le fond ou la forme ?

Nous répondons nettement : c'est *l'élément psychique,* c'est *le fond,* mais nous reconnaissons que l'opinion est partagée sur ce point.

Nous avons expliqué plus haut *l'assimilation* qui tend à se faire *de la poésie à la musique* par la prédominance accordée à son côté rythmique, par le perfectionnement même incessant du rythme, par la séparation nécessaire des composantes trop perfectionnées à la suite de leur intégration. On peut voir partout des résultats de ce principe. En sociologie, depuis que la vie est devenue plus confortable, les communications de lieu à lieu plus faciles, les liens, les fortes amitiés, la solidarité familiale se sont affaiblis; *l'intégration amène partout la dissociation.*

De même, en ce qui concerne *le fond* et *la forme.* Le perfectionnement de la forme lui a presque permis de vivre d'une vie autonome, tandis que le fond, la pensée, était repoussée vers une forme plus solidifiée, et se réfugiait, avec le sentiment lui-même, dans le roman devenu tout psychologique.

D'après une école de poésie française déjà citée, l'école parnassienne, la forme devient l'élément, sinon le seul, au moins le dominant dans la poésie; le sentiment ne doit en être que la résultante; l'amour, le désir, tout objectifs, sont la conséquence de la beauté plastique; l'inspiration est surtout une impassibilité, et le sentiment subjectif est considéré comme ne pouvant que déranger l'ordre olympien, le calme parfait et harmonieux de la poésie nouvelle.

Nous sommes d'avis contraire; le sentiment doit dominer toute la poésie; sans lui, il y a sculpture, il y a peinture, il y a musique dans la versification, mais il n'y a pas poésie proprement dite.

Le mieux serait sans doute d'allier la perfection de la forme à celle du sentiment; mais cette alliance complète reste théorique; la trop grande exigence de forme empêche certains sentiments de se produire, par exemple si la rime riche est toujours obligatoire, beaucoup de vers frappants ne se produisent plus ou le font sous une forme trop affaiblie. Dans le conflit, suivant nous, c'est toujours au sentiment qu'il faut donner la préférence.

D'autre côté, la forme parfaite peut bien s'allier avec certains sentiments parfaits; la perfection de la forme implique le calme, la douceur, même une certaine *mollesse innervée*, bien entendu, car la *mollesse énervée* est un défaut même dans cette école; or, tel est le caractère de l'amour idyllique ou héroïque, de la contemplation de la nature, de l'admiration de ses formes. Mais il n'en est plus de même, et un plein désaccord se produit, lorsqu'il s'agit de sentiments contraires, plus *subjectifs,* de la tristesse, de la colère, de la crainte, du vif désir. Alors le fond brise la forme, et si celle-ci résiste et l'emporte, il n'y a plus de sentiment varié et multiforme; il n'y a plus qu'une sorte d'*impression tactile,* chez le poète, toujours *lisse* dans l'objet laquelle est exclusive de toute passion.

C'est aussi le fond, c'est-à-dire le sentiment, qui doit décider parmi la variété des rythmes quel est celui qu'il faut choisir. Il existe entre *chaque rythme* et *chaque sentiment* une *correspondance secrète* que nous étudierons dans chaque élément du rythme. Il faut connaître cette correspondance et l'appliquer, mais on doit prendre pour point de départ, non le rythme, mais la pensée, commencer par celle-ci.

Mais nous n'insistons pas, ces questions étant purement esthétiques, et nous rentrons dans notre étude technique.

CHAPITRE DEUXIÈME.

APPLICATION DE L'ÉLÉMENT PSYCHIQUE

A CHAQUE ÉLÉMENT PHONIQUE

ET DE L'ÉLÉMENT PHONIQUE A CHAQUE ÉLÉMENT PSYCHIQUE.

Avant d'entrer dans cette application, disons qu'elle doit réaliser toujours un accord, non un désaccord. De même que dans la musique on ne doit pas chanter des paroles tristes sur un air contraire, de même en poétique des pensées graves ne doivent pas être exprimées sur un rythme léger. Mais l'accord qui se fait entre l'élément psychique et l'élément phonique est loin d'être toujours un *accord immédiatement concordant*.

Nous avons déjà remarqué que l'harmonie entre les mêmes éléments rythmiques situés en différents lieux peut être ou *immédiate* et *concordante*, ou *discordante*, c'est-à-dire *différée*, ou *redoublée*; de même l'harmonie entre les deux éléments, le psychique et le rythmique peut être ou concordante et immédiate, ou différée, ce qui implique un discord momentané. L'harmonie discordante est même la plus perfectionnée et la plus puissante de toutes.

On a souvent confondu l'harmonie discordante entre les éléments phoniques avec celle d'élément psychique à élément phonique; nous rétablissons cette distinction avec soin.

L'application se fait dans les trois unités phoniques : 1º dans le *vers*, 2º dans la *stance*, 3º dans le *poème*.

Elle est de deux sortes : 1º application de l'élément psychique à chaque élément rythmique; 2º application de l'élément rythmique à chaque élément psychique.

En effet, l'élément psychique doit suivre les contours de chaque élément rythmique, ou s'en éloigner quelque temps, mais finir par s'y raccorder par une harmonie différée; de même l'élément rythmique doit suivre les contours et la direction de chaque élément psychique. Tel rythme du vers, tel

agencement de rimes, amène une disposition psychique différente, et réciproquement chaque disposition psychique entraîne
le choix d'un rythme différent. Dans cette action et réaction
c'est l'action psychique qui doit dominer, mais l'autre aussi est
très considérable.

SECTION PREMIÈRE.

ACTION DE CHAQUE ÉLÉMENT PHONIQUE

SUR L'ÉLÉMENT PSYCHIQUE, ET RÉSISTANCE DE CELUI-CI.

PARAGRAPHE PREMIER.

Application de l'élément psychique dans le vers.

L'application psychique se fait à chacun des éléments du vers
que nous allons reprendre dans ce but.

A. — *Application à l'élément temps.*

Le temps en poésie phonique comprend dans son étude :
1° l'*étendue* du temps du vers, son commencement et sa fin ;
2° les *divisions* du temps et ses subdivisions : hémistiches,
mètres, pieds; 3° la *composition* de l'*arsis* et de la *thesis* dans
chaque pied, leur *place respective*, leur *proportion*.

L'étendue et la fin du temps du vers, les divers hémistiches
et pieds, soit les divisions du temps dans les vers, sont marqués
par des emphases rythmiques suivies de repos dans le système
iambico-anapestique ou *ascendant*, et par des repos suivis
d'un recommencement par ictus dans le système trochaïco-
dactylique, ou *descendant*.

Lorsque l'élément psychique suit les contours du dessin rythmique, il doit, par conséquent, faire reposer, s'arrêter le sens,
toutes les fois que le rythme se repose, avoir un sens non-in-
terrompu, tant que le son est ininterrompu. Alors il y a une
harmonie parfaite entre les deux éléments. Il peut, au contraire,
résister au moins quelque temps à cette accommodation, s'ar-

rêter à un endroit où le rythme ne s'arrête pas, courir à un point où le rythme s'arrête, jusqu'à ce que le *repos rythmique* et le *repos psychique* arrivent enfin à *coïncider*. Dans le premier cas il y a *harmonie immédiate et concordante*, dans le second *harmonie discordante et différée* entre les deux éléments.

C'est la *théorie de la césure*.

La *césure est la coïncidence d'un repos rythmique avec un repos psychique*.

Il y a *deux césures* l'une qui porte ce nom et qui se place à l'hémistiche, ou vers l'hémistiche, l'autre qui est située à la fin du vers, et qui est innommée. Nous les désignerons sous le nom de *césure médiane* et de *césure finale*.

Cette théorie est un des points où la lutte ou l'accord des deux éléments est le plus remarquable ; elle a donné lieu aux querelles les plus vives entre les écoles.

L'harmonie entre le repos rythmique et le repos psychique, soit à la fin du vers, soit au milieu, doit toujours s'établir de temps en temps, à un moment donné, mais doit-elle régner partout ? C'est ce qui a été décidé différemment dans les diverses langues et aux points distants de l'évolution.

Le *système classique français* est le *plus simple*, il y a toujours *coïncidence* des deux repos, soit à la fin du vers, soit à l'hémistiche de l'alexandrin. Ce *repos est parfait*. Il en résulte une harmonie concordante et immédiate, mais au point de vue poétique beaucoup de monotonie. Jamais d'enjambement du sens d'un vers sur l'autre ; jamais non plus de déplacement de la césure.

Cependant, dans l'intérieur de chaque hémistiche, le repos, au lieu d'être fixe, est mobile. Des six syllabes qui composent chaque hémistiche de l'alexandrin, chaque moitié d'hémistiche peut en comprendre depuis une jusqu'à cinq ; mais alors les repos psychique et phonique sont mobiles tous les deux, mais néanmoins s'arrêtent ensemble au même endroit.

Le système romantique français substitue à l'harmonie simple et immédiate entre les deux éléments l'harmonie discordante ou différée, c'est-à-dire que les repos des deux éléments restent quelque temps en désaccord avant de coïncider, et que c'est précisément ce désaccord momentané qui rend le raccord plus agréable. Ce *processus* se réalise à la fin du vers par l'*enjambe-*

ment; alors le repos psychique qui ne se fait qu'au vers suivant est en retard sur le repos rythmique qui continue d'avoir lieu à la fin du vers; il se réalise aussi à l'intérieur du vers. Là le repos rythmique continue toujours d'avoir lieu au milieu; au contraire point de repos psychique à cet endroit; le repos psychique se place ailleurs, et même se dédouble, il y a deux repos psychiques, l'un avant le milieu du vers et l'autre après; le vers devient trimètre au lieu d'être dimètre.

Le déplacement du repos psychique intérieur crée donc un vers trimètre, mais seulement *trimètre* au point de vue psychique, il reste *dimètre* au point de vue rythmique, ce qu'il ne faut pas perdre de vue. Il en résulte une *harmonie discordante* qui n'aura sa résolution qu'à la fin du vers, et s'il y a enjambement, entre les deux repos, à la fin du vers suivant.

Le repos rythmique restant placé au milieu du vers, il en ressort que l'hémistiche doit finir sur une *syllabe tonique,* sur une *arsis* qui peut seule marquer ce repos dans le vers français de nature iambique. La conséquence forcée de ce principe, dans le système d'accentuation de la langue française, est que l'hémistiche doit finir avec *la fin d'un mot.* En effet, les fins seules des mots sont *accentuées.* Cependant lorsque la fin d'un mot est féminine, c'est-à-dire renferme un e muet venant après l'accent, c'est la pénultième qui est accentuée. Que va-t-il se produire alors?

Dans la versification du vieux français où l'hémistiche est encore une *kurzzeile* non rimée, où l'on ne compte pas encore d'ailleurs les rimes féminines, l'e ouvert de la dernière syllabe ne compte pas plus à l'hémistiche qu'à la fin du vers, c'est peut-être là le principe le plus naturel. Dans ce système, l'hémistiche devant se terminer par un accent tonique finit toujours bien par la dernière syllabe d'un mot, par la fin d'un mot.

Maintenant l'hémistiche n'étant plus la *kurzzeile,* mais étant devenue partie intégrante du vers, d'autre côté l'e muet ayant pris de l'importance et comptant dans les rimes féminines à la fin du vers, la conséquence de la nécessité de marquer l'hémistiche par un *arsis,* par un accent, n'entraîne plus celle exacte d'y placer la fin d'un mot, car la fin d'un mot peut être un e muet non élidé qui comptera. Le résultat serait donc que l'hémistiche doit se terminer par une syllabe tonique, mais qu'il

n'est pas nécessaire qu'il se termine par la fin d'un mot. Cependant ce résultat n'a pas été admis par l'école romantique.

Dans ce vers, par exemple :

C'était dans les ténèbres d'une vaste nuit.

l'hémistiche finirait par une syllabe accentuée, mais il
faudrait commencer l'hémistiche suivant par la fin d'un mot,
non seulement non accentuée, mais sourde, ce qui produirait
un effet euphonique désagréable, en donnant à une syllabe
sourde un relief en désaccord avec sa sonorité trop faible.
Cependant un tel vers serait logique dans le système romantique.

Mais on ne devrait pas aller plus loin, et on n'est pas allé
plus loin, en effet, et jamais à l'hémistiche n'a pu se trouver
une syllabe atone ; si on l'avait fait ce n'est plus une harmonie
discordante entre le repos rythmique et le repos psychique
qu'on eût établi, mais bien un déplacement du repos intérieur
rythmique, ce qui est possible, mais serait tout autre chose.

L'école romantique, en créant deux repos psychiques, et en
les mettant à des places différentes de celles du repos rythmique,
plaça toujours l'un d'eux avant le repos rythmique et l'autre
après, mais les mit-elle à des places fixes ?

Non, elle créa les *repos psychiques mobiles.*

Si, en effet, les repos psychiques avaient été fixes, par
exemple, avaient suivi la formule $4 + 4 + 4 = 12$, c'est-à-dire si
l'un avait pris place après la 4e syllabe, et le second après la 8e,
et cela toujours, comme le repos psychique arrête le sens, et
par conséquent suppose au moins la fin d'un mot, et par cela
même, dans le système de l'accentuation française, un accent
rythmique, le déplacement du repos psychique aurait entraîné
par la force des choses le déplacement du repos rythmique, ce
que ne voulait pas l'école romantique, quoi qu'on en ait dit, *car
alors l'harmonie discordante aurait disparu,* et on aurait tout
simplement abouti à la substitution du vers trimètre régulier au
vers dimètre régulier, ce qui est un tout autre résultat.

Il fallait donc, sous peine de voir se détruire l'harmonie discordante qui était le but, établir des repos psychiques à place

variable, c'est ce qu'on fit, il en résulta un vers trimètre, mais un *vers trimètre irrégulier*, et encore ce vers ne fut-il trimètre qu'au point de vue psychique, il resta dimètre au point de vue phonique.

En effet, au point de vue phonique, un vers trimètre ou autre, mais irrégulier, ne se comprend plus. *Des coupures de temps, si elles sont toujours irrégulières, ne marquent plus le temps.* Coupez le temps d'un vers de 12 syllabes en 2 — 6 — 4, le temps du vers suivant en 3 — 7 — 2, le suivant en 6 — 4 — 2 ; le suivant en 6 — 6, il n'y aura plus de divisions véritables qu'on puisse sentir, même pas une à laquelle on puisse rapporter les autres par proportion ; le temps, en réalité, ne sera plus divisé par des repos rythmiques servant à le marquer. Le vers rythmique peut être dimètre, trimètre, hexamètre, mais dans chacune de ces manières de se diviser, il doit se diviser toujours de la même manière, ou ce n'est plus intérieurement un vers au point de vue du temps à moins que l'on ne prononce des nombres différents de syllabes dans le même temps, ce que nous examinerons, mais auquel cas même, si le vers devient *temporal* en lui-même, il cesse toujours d'être *symétrique* vis-à-vis des autres vers.

Au point de vue psychique, au contraire, les repos peuvent ne pas coïncider avec les coupures du temps, et si le vers est coupé psychiquement en trois parties, ces coupures psychiques peuvent incessamment varier.

Becq de Fouquières n'a pas bien compris ce principe lorsqu'il prétend que le trimètre irrégulier qui existe bien au point de vue psychique, mais qui ne saurait exister, tout au moins en observant la loi de la symétrie de dessein, au point de vue rythmique, est bien un vers complet même à ce dernier point de vue. Il l'explique en disant que même dans le trimètre irrégulier les *coupures du temps* sont bien *immuables* et toujours à la même place, que seulement on place dans ces divisions du temps, tantôt un plus grand nombre, tantôt un plus petit nombre de syllabes. Il en résulterait que dans un mètre du trimètre, si les syllabes sont plus nombreuses que dans l'autre, elles devront se prononcer beaucoup plus rapidement, ce qui n'a pas lieu exactement, et ce qui ferait d'ailleurs dépendre l'existence

même du vers un *genre de lecture rythmique;* le *lecteur collabo-rerait* à la confection du vers, ce qui est inadmissible.
Dans ce vers :

Près d'un roc   qu'on aurait pris pour un grand décombre.

Qu'il scande ainsi :

Près d'un roc — qu'on aurait pris — pour un grand décombre.

Il voit *trois mesures de temps égales,* et pour qu'elles restent égales, on doit prononcer : *près d'un roc,* dans le même temps qu'on a mis à prononcer : *pour un grand décombre.*

La vérité est autre en ce qui concerne le vers du système romantique, réserve faite de l'explication de ce rythme dans d'autres systèmes. Il faut conserver les deux repos discordants. Je marque le repos rythmique par — et le repos psychique par | et je scande ainsi :

Près d'un roc | qu'on aurait — pris | pour un grand décombre.

Il en résulte que dans l'école romantique le repos rythmique reste bien à l'hémistiche, mais qu'au lieu de rester *patent,* la concurrence des repos psychiques le rend *latent.*

Ce qui le prouve, c'est ce qui se produit à la fin du vers lors de l'enjambement. L'enjambement ne détruit pas le *repos ryth-mique* de la fin du vers marqué d'ailleurs si fortement par la *rime,* mais il retire de la même place le *repos psychique* qu'il établit plus loin. Cette concurrence du repos psychique déplacé rend alors le repos rythmique et conservé, de patent qu'il était, désormais latent. Le même résultat s'est produit à l'hémistiche.

Telle est toute la révolution romantique; mais elle est importante; elle assure l'indépendance de l'élément psychique qui jusqu'alors était sacrifiée.

Cependant l'indépendance n'est pas absolue, l'harmonie n'est que différée, elle doit de temps en temps s'établir par une coïncidence.

S'agit-il, par exemple, de l'enjambement, un vers ne doit pas toujours enjamber sur l'autre. En général il n'y pas enjambe-ment dans deux vers successifs, ou dans plus de deux vers, et surtout pas deux enjambements successifs à l'hémistiche, car alors toute l'harmonie des vers serait détruite.

Il en est de même du repos de l'hémistiche ; les deux repos *psychique* et *rythmique* doivent de temps en temps coïncider.

Malgré la révolution romantique dont nous venons d'expliquer l'exacte portée et le vrai caractère, les repos psychique et rythmique ainsi séparés tendent continuellement à se rejoindre, et le vers romantique prend très souvent la coupure trimétrique régulière.

Dans cette coupure, les repos des deux natures coïncident : il y a un repos à la fois psychique et rythmique après le 4ᵉ vers, un autre semblable après le 8ᵉ ; le temps du vers se coupe en trois, au lieu de se couper en deux. Alors le repos rythmique de l'hémistiche devient inutile. Cependant l'école romantique le conserve, mais c'est alors, dit-on, par routine ou par un reste de timidité.

Si le vers est trimètre régulier, on peut le faire alterner avec le dimètre régulier, autant qu'on le veut. C'est comme si dans un autre ordre d'idées on faisait alterner un vers de 12 syllabes avec un autre de 6.

Quel est l'*effet psychique* et *impressionnel* de cette *révolution romantique*, de cette *harmonie discordante?*

C'est d'abord l'effet de toute harmonie différée, et que nous avons déjà décrit, le plus vif plaisir de l'accord lorsque l'accord a été quelque temps retardé.

Puis, si l'on envisage le repos psychique en dehors du repos phonique, la substitution de deux places de repos psychique à une seule place, ou de deux repos psychiques à un seul, on voit que la *vivacité* du vers est devenu plus grande, de même que par l'*enjambement* sa *rapidité* s'était accrue. En effet, le repos plus rapproché rend chaque coupure plus petite, d'où vivacité plus grande, de même que le repos final éloigné force la parole à se hâter et rend par conséquent le discours plus rapide.

D'ailleurs, le discord entre les deux repos hâte le mouvement de la manière suivante. Lorsqu'on en est au premier repos psychique, le rythme phonique n'étant pas satisfait puisqu'on n'est pas parvenu encore au repos du milieu comme dans l'autre vers, on se hâte vers la fin de l'hémistiche pour le repos phonique régulier, mais le poète a laissé là, à dessein, le sens en suspens, on se hâte donc vers le second repos psychique, et ainsi de suite ; il n'y a jamais de repos qu'à un seul point de vue, et pour employer une expression vulgaire, à chaque place de repos le lecteur ne peut dormir que d'un œil. Si l'on préfère une autre comparaison, le véhicule, arrivé en descendant au bas de la pente, ne s'y repose que théoriquement, étant provoqué par la vitesse acquise à un mouvement ascendant.

Les syllabes, pas plus que Paris et que Londres.

L'arrêt se fait après *syllabes*, ainsi le veut le sens ; mais il n'est pas complet, car on sent qu'on n'a pas atteint l'hémistiche ; un second arrêt se fait après *plus*, parce qu'on est à l'hémistiche, mais il n'est pas complet, parce qu'on sent que le sens est suspendu ; troisième arrêt après *Paris*, qui n'est pas complet non plus, parce que rendu là on cherche une fin de vers.

Enfin, l'irrégularité des places des repos psychiques empêche la *monotonie ;* on ne sait plus d'avance où l'on s'arrêtera ; par conséquent, la marche est tantôt plus vive, tantôt moins vive, selon que le mouvement d'esprit est plus ou moins vif.

Une école qui a prolongé l'école romantique n'a pas compris l'intention et la véritable nature de son procédé ; elle a cru que l'école romantique s'était arrêtée à mi-chemin par timidité, et, qu'on pouvait, sans sortir de son intention, détruire à l'hémistiche même le repos purement rythmique. C'était, en effet, possible, quoique cela n'entrât pas dans l'esprit des romantiques, dans le vers trimètre régulier, mais non dans l'irrégulier, car l'irrégularité du repos rythmique rend ce repos nul pour la division du temps du vers. Quoi qu'il en soit, cette nouvelle école, même en dehors du vers trimètre régulier, composa un vers trimètre irrégulier à césures variables, où le repos psychique et le repos phonique coïncidaient à des places autres que celles de l'hémistiche, et où à l'hémistiche il n'y avait plus de repos d'aucune sorte. Ce nouveau système repose sur une erreur, ou équivaut à l'absence totale de césure, absence qu'il ne vise cependant pas.

C'est ainsi que cette école a pu dire :

Au milieu — de l'immen | sité — de tous les cieux.....
La plus triste — pauvre | té — c'est celle de l'âme.

Dans le second cas surtout, l'hémistiche ne reposant plus sur un accent secondaire, mais sur une syllabe sourde, blesse l'oreille.

Nous avons commencé par le français, pour mieux faire comprendre la différence entre la césure concordante et la césure discordante, et leur vrai caractère. Remontons maintenant à la rythmique grecque et latine.

En latin et en grec le *repos psychique* n'existe qu'à la fin des vers ; à l'intérieur de ceux-ci il n'y a donc pas lutte entre la césure psychique et la césure phonique. Il y a lutte entre la *césure lexiologique* que nous avons décrite ailleurs et consistant dans une *fin de mot* et la *césure phonique* consistant ici en *une fin de pied*.

On croirait que dans le système classique gréco-latin, il y a harmonie concordante entre les césures ; or, il n'en est rien. Le repos rythmique ne pourrait être qu'à l'hémistiche, c'est-à-dire, si l'on suppose que le point de départ de l'évolution de l'hexamètre est un vers dactylique où le spondée n'est qu'un substitut du dactyle, après la dernière brève qui termine le troisième pied. Le repos lexiologique est placé toujours ailleurs *après l'arsis du pied*. Il y a donc, comme dans le vers romantique français, *l'harmonie différée* entre les *repos*.

Dans l'hexamètre grec qui sert de type au latin, le repos lexiologique, le principal, est *penthémimère*, c'est-à-dire tombe après cinq demi-pieds.

ζεύς, ὃς | τὰνθρώ | πων-τάμι | τς πόλε | μοιο τετύχται.

Le repos se trouve donc entre la syllabe longue qui commence le troisième pied et les brèves qui l'achèvent, par conséquent, au milieu d'un pied à un endroit précisément où il ne peut y avoir de repos rythmique.

La coupe est *trochaïque* quand la césure ou repos psychique, manifesté par, au moins, la fin d'un mot, tombe encore au milieu du 3ᵉ pied, mais non plus après la longue initiale, mais entre les deux brèves qui suivent.

τεύ ξεε | θαι μέγα | ἔργον-ἐ | πην τι | εαίμωθα | λώξην.

La coupe est *hepthémimère*, quand le repos marqué par une fin de mot se place après la longue initiale du 4ᵉ pied.

πάντα μὲλ' | δίεα τ' | 'Αλέξι | δρχ-κοί | λης δὴ | τήσιν.

Elle est appelée hepthémimère parce qu'elle tombe après sept pieds et demi.

Seule la coupe *bucolique* se place après la fin d'un mot et fait coïncider le repos rythmique avec le repos lexiologique, c'est un exemple d'*harmonie concordante* entre les deux repos; seulement ces repos sont alors placés non au milieu, c'est-à-dire après le 3ᵉ pied, mais après le 4ᵉ pied.

δ πτσι | ταῖς πα | γαῖσι μὲλ | (τλετσι, | λὶυ δὶ | και τυ

Mais il faut remarquer que cette coupe est exceptionnelle, et qu'elle est *solidaire d'un enjambement*, qu'elle le prépare, et que pour cela il fallait à la fois la coïncidence d'un repos psychique et d'un phonique et le retard de ce double repos aussi bien que la fin du 4ᵉ pied. De plus, cette coupe est doublée d'une coupe principale penthémimère ou trochaïque; dans l'exemple cité elle est trochaïque; c'est donc une nouvelle césure, consistant, non dans la fin d'un mot, mais dans la fin d'une phrase pour en commencer une autre qui enjambera.

L'hexamètre latin est une imitation du grec, et a pris les repos de celui-ci.

Seulement la coupe trochaïque est devenue exceptionnelle, et la coupe hepthémimère se double d'une coupe trihémimère. Ce dernier point est important.

Mœce | *nas* – *pela* : *gcque vo* | *lans* – *da* | *vela pa* | *tenti.*

La coupe lexiologique répond ici au trimètre romantique français; seulement le trimètre est régulier.

Le repos lexiologique principal, le *penthémimère*, est beaucoup plus marqué si l'on supprime *la thesis du troisième pied*, puis qu'alors on se repose plus longtemps sur la fin du mot; de plus, cette suppression a pour résultat de faire alors concorder le repos rythmique et le repos lexiologique. Cela se réalise dans le vers *pentamètre*.

Donec e | *ris fe* | *lix — mul* || *tos nume* | *rabis a* | *micos* ||
Tempora | *si fue* | *rint* — || *nubila* | *solus e* | *ris —* ||

On voit dans le premier, l'hexamètre, la dissidence entre le repos lexiologique marqué par — et le repos rythmique suivant marqué par ‖ . Dans le suivant, le pentamètre, ce discord disparaît par suite de la disparition de la *thesis*; — et ‖ y coïncident.

Dans le distique élégiaque on a donc une alternance non interrompue de vers à repos lexiologique et rythmique discordants et concordants : l'alternance de ces deux dessins constitue, le second vers rétablissant l'harmonie, une harmonie différée très heureusement résolue.

En outre, la disposition du pentamètre montre bien que le *repos rythmique* de l'hexamètre est bien toujours, non au 3ᵉ pied, comme le repos lexiologique le plus souvent, mais à la fin de ce pied.

Le vers pentamètre est donc un vers hexamètre faisant *coïncider* au moyen de la *catalexe* le *repos rythmique* et le *repos lexiologique*.

Dans le vers *trochaïque* d'une certaine étendue, par exemple, le tétramètre catalectique, la coupe lexiologique et la rythmique coïncident, ou plus exactement la lexiologique accompagne la rythmique. Les deux se placent au milieu du vers, c'est-à-dire après le 4ᵉ pied.

οὐ τε βούλο | μεσθα, | μᾶτερ ‖ οὔτ᾽ ἔ | γων γᾳ | δῖόν λο | γοις

Dans le vers iambique trimètre il y a deux coupes. Dans l'une il y a *discord* entre le repos lexiologique et le repos phonique, dans l'autre il y a *coïncidence*.

Cas de *discord*.

βέβηκεν | τὸδ᾽ ἀσ | κίπτερ ‖ νο-ελ | λα μοι, θίαι

Où l' ‖ et l' — sont séparés par une syllabe.
Cas de *coïncidence*.

ἀλβος | ὅστις | ωςνῦν- ‖ δὲ τᾶ | δὲ οἳ | μέργ

Dans le sénaire iambique latin qui correspond au trimètre grec les coupes sont les mêmes.

Dans le tétramètre catalectique iambique, la coupe, tant lexiologique que rythmique, tombe au milieu, c'est-à-dire après le premier dimètre. Ici il y a accord. Quelquefois cependant il y a discord : la coupe psychique tombe après la brève qui commence le second dimètre.

Dans le septénaire iambique latin qui lui correspond, le repos lexiologique arrive ordinairement après le quatrième pied et coïncide alors avec l'accord psychique. Dans l'octonaire iambique le repos est aussi à la fin du quatrième pied avec la même coïncidence.

Telle est la règle de la césure dans la versification grecque et dans la latine imitée de la grecque. On y voit qu'il y a tantôt harmonie immédiate et coïncidence entre le repos rythmique et le lexiologique, tantôt, au contraire, harmonie différée, désaccord actuel. Dans le cas de désaccord, souvent le repos psychique se dédouble, comme dans le vers romantique français.

Il faut donc noter qu'en français il y a coïncidence ou conflit entre le repos psychique d'une part et le repos lexiologique et phonique de l'autre, qu'en latin il y a coïncidence ou conflit entre le repos lexiologique d'une part et le repos phonique de l'autre.

Le latin et le grec ne possédant qu'en fin de vers le repos psychique proprement dit, le remplacent ailleurs par le repos lexiologique. Ce dernier repos dont nous avons expliqué l'origine toute mécanique rentre plutôt dans l'ordre phonique.

Étudions maintenant la césure dans le vers original et national des latins, dans le vers saturnien.

Dans ce vers composé de six pieds, non compris l'anacruse, la césure se place soit après le *thesis* du 3ᵉ pied.

Da || *bunt ma* | *lum Me* | *telli* — || *Nœvi* — *o pō* | *etœ·*

Alors il y a *coïncidence* entre le repos lexiologique et le rythmique entre — et ||

Soit après l'*arsis* du *troisième pied*.

Co || *rinto* | *dele* | *to* — *Ro* || *mam redi* | *eit tri* | *umphans.*

Alors — est en avance sur ||, c'est-à-dire le repos lexiologique est en avance sur le repos rythmique d'une syllabe, et il y a *harmonie différée* dont la solution sera à la fin du vers où les deux repos coïncideront.

Passons au système germanique.

Le système de l'allemand moderne est imité des langues classiques. Nous n'aurons pas à le parcourir en grand détail.

L'allemand moderne a pris l'alexandrin (vers iambique) au
français et aux langues romanes; il y a établi la césure alors
classique de l'hémistiche.

Il partage le *trimètre iambique après le troisième pied* ou
après le quatrième; il y a concordance, par conséquent, entre le
repos psychique et le repos phonique.

Il partage l'iambique à cinq pieds qui correspond au vers français de dix syllabes par une césure après la quatrième syllabe.
Cette syllabe est la fin d'un mot. Il y a donc encore ici coïncidence des deux repos.

Cependant sa césure devient libre et prend diverses places
dans la rythmique moderne. Cela répond à notre évolution
romantique.

Dans le même vers, mais non rimé, la césure se place à *la fin
du deuxième pied*, et alors il y a toujours *coïncidence* des deux
repos, cependant la place varie souvent.

La *septénaire iambique* a une césure *après le cinquième pied*;
même coïncidence. Plus tard, on fit des septénaires à place de
césure variable.

L'octonaire se coupe au milieu après la huitième syllabe.

Il en est de même de l'octonaire trochaïque.

Dans le vers dactylique, l'hexamètre a une césure imitant la
césure latine et grecque, c'est-à-dire au milieu du troisième
pied, soit *après l'arsis* qui commence ce pied, soit *après la première portion de la thesis qui suit*. Ici les deux repos sont en
discordance. Une autre césure existe au milieu du quatrième
pied, elle est de même nature; une autre se place enfin à la fin
du quatrième, alors il y a coïncidence entre les deux repos.

Le vers anapestique tétramètre est coupé après le quatrième
pied; il y a coïncidence des deux repos.

Telles sont les diverses césures employées par l'allemand
moderne dans son imitation des rythmes. Nous ne voulons en
retirer que l'observation suivante. Tant que l'imitation serre de
près les modèles, l'harmonie entre le repos lexiologique et psychique et le repos rythmique reste *discordante*; si l'imitation
est plus lointaine, naît alors la *coïncidence* entre les deux repos.

Mais la versification originale du vieux-haut allemand et du moyen-haut-allemand est plus intéressante à étudier sur ce point, comme sur tous les autres.

En vieux-haut-allemand, il est vrai, il ne peut guère être question de césure psychique ou rythmique proprement dite. Les *kurzzeilen* sont trop petites pour qu'il puisse y avoir, à l'intérieur d'elles, ni repos rythmique, ni repos psychique ; et quant à la *langzeile*, c'est la réunion de deux *kurzzeilen* devenues hémistiches, conservant malgré cela une véritable individualité, de sorte que leur point de suture où s'arrête à la fois le rythme et le sens ne peut être considéré que comme une césure lexiologique. Nous avons vu que ces deux *kurzzeilen* sont soudées l'une à l'autre par l'*allitération*.

Cependant apparaît en vieux germanique un phénomène très remarquable, en ce qui concerne la césure psychique. On sait qu'il y a entre les deux *kurzzeilen* un repos phonique et lexiologique dérivant nécessairement de ce que les deux *kurzzeilen* ont été originairement séparées, puis soudées ensemble. Mais le repos est-il en même temps psychique, en d'autres termes y a-t-il au point de *suture* des deux *kurzzeilen* un arrêt du sens ?

Ou bien le sens continue-t-il à courir, ce qui créerait une harmonie discordante entre la césure phonique et lexiologique d'une part, la césure psychique de l'autre, comme dans notre vers romantique ? La solution est différente dans les diverses branches du vieux-germanique. Tandis qu'en vieux-bas-allemand (*heliand*) et en anglo-saxon, on arrête le sens à l'hémistiche, dans le vieux-haut-allemand le sens continue à courir. Il résulte des règles de l'allitération et de ce qui précède les résultats suivants. Le bas-allemand et le saxon unissent intimement au point de vue phonique les deux hémistiches par l'allitération, et les séparent psychiquement par le sens, d'où harmonie discordante. Le haut-allemand les unit à la fois par l'allitération et le sens, d'où harmonie concordante.

Lorsque plus tard la poésie *allitérante* disparut et fit place à la poésie rimante, c'est-à-dire lorsqu'en moyen-haut-allemand les deux kurzzeilen furent unies par la rime, le moyen-haut-allemand adopta le système d'harmonie discordante du bas-allemand et du saxon, on sépara par le sens les kurzzeilen réunies par la rime, et au contraire on réunit par le vers les zeilen ne rimant pas entre elles ; cela reçut les noms de : *rime samenen* et *rime brechen*. Cela donna à la poésie une vivacité qu'elle n'a-vait pas auparavant, et présente un caractère tout à fait ana-logue à celui de la révolution romantique chez nous.

Mais plus tard la poésie tombe en décadence, et cette heu-reuse harmonie différée disparaît ; de nouveau le vers s'arrête au bout de chaque kurzzeile, d'où une grande monotonie.

Vers le XII° siècle, apparaissent à côté des *langzeilen* les *lange reimpaare*, dans lesquels les hémistiches de chaque vers ne sont plus égaux entre eux, tandis que le premier contient *quatre arsis*, le second n'en contient que *trois* ; la césure alors à la fois rythmique et psychique se place après le 4° arsis, de sorte que le second hémistiche est plus court.

Dans le moyen-haut-allemand les *kurzzeilen* forment encore le fond de la poésie lyrique, quoiqu'il n'y ait plus allitération, mais rimes entre elles, et, par conséquent, il ne peut être ques-tion de césure. Cependant, il subsiste les *lange reimpare* qui se divisent comme nous venons de l'expliquer.

Dans le vers de la strophe, dite *titurel*, laquelle possède une certaine étendue, se trouve une césure proprement dite ; le pre-mier hémistiche à terminaison masculine a 4 arsis, et à termi-naison féminine en a 3, tandis que le second toujours à termi-naison féminine possède dans le premier vers trois arsis, dans le second et le quatrième cinq arsis ; quant au cinquième vers il a 5 arsis, mais ne possède pas de césure.

On voit que le vieux et le moyen haut-allemand, lorsqu'ils possèdent une césure qui n'est pas une simple suture de deux kurzzeilen, ont à cet endroit une coïncidence du repos psychique et du repos rythmique.

Les langues slaves modernes imitent, comme l'allemand mo-derne, la versification grecque et latine, et la française quant à la césure. En russe, ce repos ne se trouve que dans les vers iambiques de six et de cinq pieds, et dans les vers choraïques de six pieds : il consiste en ce que le mot doit être terminé après le troisième pied dans les vers de six pieds, et après le second dans les vers de cinq. Le repos rythmique et le psychique coïncident.

Telle est la théorie de l'harmonie, tantôt concordante, tantôt discordante de la *césure intérieure*.

Nous avons appelé *césure extérieure* celle qui forme le vers lui-même et le distingue du vers suivant ; nous avons vu que la coïncidence du repos phonique et du psychique y est souvent rompu par l'enjambement.

La césure soit intérieure, soit extérieure, soit concordante de pensée à rythme, soit, au contraire, discordante par l'enjambement ou par le déplacement, peut agir fortement sur l'élément psychique pur, en formant une sorte d'*harmonie imitative*, soit *objective*, soit *subjective*.

L'enjambement ou le rejet dans le vers latin produit des images différentes suivant la quantité des mots en enjambement. Le rejet d'un mot en spondée donne beaucoup de gravité ; celui du dactyle, beaucoup de vivacité ; celui d'un molosse peint la lenteur. Le rejet d'un mot formant dactyle et trochée est solennel.

En voici quelques exemples :

> *Vox quoque per lucos vulgo exaudita silentes*
> *Ingens.*

> *Dixerat et toto connixus corpore ferrum*
> *Conjicit.*

> *Jacuit que per antrum*
> *Immensus.*

> *Vitreisque sedilibus omnes*
> *Obstupuere.*

De même dans les vers français.

> *Si tu veux me livrer cet homme, je te fais*
> *Prince.*

> *Soudain au seuil lugubre apparaissent trois têtes*
> *Joyeuses.*

Double effet, attention et surprise.

Le déplacement de la césure intérieure a un effet analogue.

En latin, si l'on ne donne au vers que la césure *hepthémimère* qui d'habitude doit se doubler de celle trihémimère le vers prend beaucoup de vivacité, son centre de gravité se trouvant en retard.

Littora deseruere, latet sub classibus æquor.

Le vers suivant est sans césure :

Namque sepulcrum,
Incipit apparere Bianoris.

De même l'harmonie imitative ajoute, au contraire, une césure au sixième pied.

Par exemple : dans le vers célèbre :

Sternitur, examinisque tremens procumbit humi bos.

Nous savons qu'en latin la césure consiste, non dans le repos du sens, de la proposition, mais seulement dans la fin d'un mot, quelquefois le sens de la phrase s'arrête, c'est la suspension ; cette césure d'un nouveau genre produit aussi certains effets psychiques :

Et prona dant lora ; volat vi fervidus axis.

En français le déplacement de la césure ordinaire dans le système romantique donne aussi de nombreux effets psychiques que nous avons implicitement décrits. Observons seulement que, si l'on veut donner au vers plus de vivacité, des deux césures romantiques on peut supprimer soit la première, soit la seconde.

Dans les chœurs grecs, il est très curieux de remarquer qu'il y a constamment *harmonie différée*, c'est-à-dire avance ou retard du repos psychique sur le repos rythmique, et coïncidence résolvant la disharmonie seulement de temps à autre. Mais comme cette harmonie différée constante existe, non seulement entre les diverses parties du vers, et entre différents vers, mais aussi de strophe à strophe, nous l'étudierons plus loin en étudiant les strophes et le poème eux-mêmes.

Ce ne sont pas seulement les limitations et les divisions du temps différentes qui produisent des effets différents suivant que l'élément psychique s'y accommode ou y résiste ; ce sont aussi les plus ou moins grandes unités de temps, c'est-à-dire, les vers plus ou moins longs. Par exemple, le vers court appellera ordinairement une pensée moins grave que celle provoquée par un vers très long.

Il en est de même des proportions diverses de l'*arsis* et de la *thesis*; une arsis plus prolongée vis-à-vis de la thesis, par exemple, dans le vers crétique, donne certainement plus de poids et de gravité.

Mais ces effets sont secondaires, ou tiennent surtout à la compensation du nombre des syllabes que nous examinerons tout à l'heure.

B). — APPLICATION A L'ÉLÉMENT SYLLABE.

Lorsque l'élément phonique et rythmique influe sur la direction de l'élément psychique et détermine celui-ci, l'impression psychique et le choix des sujets naît, pour ainsi dire, des rythmes eux-mêmes.

L'élément *syllabe* se décompose en : 1° *nombre* des syllabes, 2° *poids* des syllabes, 3° *sonorité* des syllabes. Voyons l'influence de chacun de ces éléments.

a). — *Nombre des syllabes.*

Selon le plus ou moins grand nombre des syllabes du vers, celui-ci remplit un temps plus ou moins long; or, nous venons d'observer quelle est l'influence de la plus ou moins grande longueur de temps sur le côté *psychique*. Mais l'effet principal dérive de trois phénomènes que nous avons déjà étudiés au point de vue purement phonique, à savoir : la *catalexe*, l'*anacruse*, et les *terminaisons masculine* et *féminine*.

La *catalexe*, avec ses deux dérivés, la *brachycatalexe* et l'*hypercatalexe*, produisent surtout des effets psychiques très remarquables, et qu'on ne saurait mieux comparer, si on les oppose à l'état *normal* qui est l'*acatalexie*, qu'aux *modes majeur* et *mineur* de la musique.

La différence, en musique, entre le mode majeur et le mode mineur semble peu de chose et en tout cas être purement phonique; il suffit de déplacer dans la gamme les places où entre deux notes consécutives il n'y a qu'un espace d'un demi-ton.

Cependant l'influence sur le caractère psychique des morceaux musicaux de ces deux modes est énorme. Le *mode mineur* exprime presque forcément des *sentiments graves*, tristes, mélancoliques. Dans les chants populaires, certains peuples choisissent le mode majeur, d'autres le mode mineur, et cela révèle leur caractère différent. Les chansons du folk-lore de la Haute-Bretagne sont en majeur, ceux de la Basse-Bretagne en mineur. Jamais un sentiment gai, ou très vif, ne s'est exprimé en mineur, jamais un mélancolique et très profond en majeur.

D'où vient cette différence ? D'une altération que dans le mineur on fait subir à la gamme naturelle qui est en majeur. Cette altération est cause d'une *morbidesse*, qui donne une *impression particulière*.

En *prosodie*, cette *altération* naît de la *catalexe* : on retranche une *thesis*, le vers *finit brusquement*, privé de ce qui adoucit, de ce qui complète *l'arsis*. Cette *mutilation* cause une *sensation interrompue*, pénible, quoique harmonieuse, qui provoque immédiatement un sentiment triste.

Cela est surtout sensible dans le pentamètre où l'altération a lieu à chaque hémistiche, et où, par conséquent, la sensation dans ce sens est plus marquée.

Quand il est rapproché de l'hexamètre dans le distique élégiaque le contraste est frappant.

Donec eris felix multos numerabis amicos;
Tempora si fuerint nubila solus eris.

Dans le second vers, le pentamètre, il y a deux fois la sensation pénible de la perte d'une *arsis*; rien ne peut mieux s'harmoniser avec le sentiment triste de la perte de l'amitié.

Toute *altération physique* produit presque forcément une *tristesse psychique*.

La *brachycatalexe* qui est dans les vers qui se mesurent non par *pieds*, mais par *dipodies*, la *perte d'un pied entier*, ne peut que rendre plus intense cette situation.

L'*hypercatalexe*, au contraire, qui ajoute un élément, doit se ranger avec les phénomènes que nous allons étudier tout à l'heure.

Un effet analogue à celui de la catalexe est produit, nous le verrons bientôt, en parlant de l'harmonie, par le mélange des petits vers avec les vers plus grands.

Ce n'est pas seulement en se mélangeant avec des vers acatalectiques que les vers catalectiques produisent une telle impression; c'est aussi par eux-mêmes et par leur propre force. La sensation que le vers a subi une altération dans son rythme résulte de ce que les mètres ou les pieds précédents sont entiers, tandis que le dernier du vers est inégal.

La rime féminine produit vis-à-vis du vers normal une influence inverse de celle du vers *catalectique;* il n'y a plus ici retranchement, mais addition. Il en est de même de l'*hypercatalexe* et de l'*anacruse.*

De ces trois phénomènes opérant dans le même sens, observons d'abord, ce qui est plus facile, la *terminaison féminine.* Elle consiste dans l'*addition d'une demi-syllabe* ou d'un *quart de syllabe* (une consonne, plus une voyelle sourde) au nombre normal des syllabes du vers. Ce système, comme nous l'avons déjà observé, a pour résultat de convertir à la fin du vers le rythme *iambique* en rythme *trochaïque,* de faire par conséquent que le vers ne finit plus durement par un *ictus,* une *arsis,* mais plus doucement sur une *thesis;* c'est ce qui fait la douceur de la rime féminine, et imprime à tout le vers plus de moelleux, plus de légèreté; la terminaison féminine est donc, non-seulement comme système phonique, mais aussi comme résultat psychique, à l'*opposite de la catalexe.*

L'*anacruse,* quoique moins adaptée aux effets psychiques, opère dans le même sens; seulement au lieu d'être à la fin, elle se trouve au commencement du vers, c'est donc à ce point qu'elle communique plus de douceur. On l'emploie intentionnellement dans la poésie de l'allemand moderne en tête de l'hexamètre (innovation du XVIIIᵉ siècle). Cette construction est assez curieuse, elle donne au vers une apparence aussi bien *anapestique* que *dactylique.*

Ich || *will, vom* | *Weine be* | *rauscht, die* | *Lust der Erde be* | *singen*
    Ihr || *Schönen* ⁝ *eure ge* | *fahrliche* | *Lust.*

On l'emploie aussi intentionnellement, mais alors sous forme, non d'*anacruse* ordinaire, mais de *base,* dans le vers dit *éolique.*

lequel consiste en une base, trois dactyles et deux trochées dont le dernier catalectique.

— ∪ ‖ — ∪: | — ∪: | — ∪: | — ∪ | —

Fremdling ‖ *Komm in das* | *grosse Ne* | *apel und* | *sièh's und* | *stirb*

En latin, on l'emploie aussi intentionnellement sous forme de base dans les vers glyconiques, grand et petit asclépiades déjà cités.

> *Sic te* ‖ *diva potens Cypri,*
> *Sic fra* ‖ *tres Helenæ lucida sidera,*
> *O cru* | *delis adhuc et Veneris muneribus potens.*

Ce qu'il y a de plus curieux, c'est qu'on peut introduire des bases dans les vers français, surtout ceux d'une certaine étendue. Il suffit de faire une première césure très petite, soit qu'on en fasse, soit qu'on n'en fasse pas une seconde.

Ainsi dans un vers de 12 syllabes, si on le compose ainsi 2—5—5.

Dans le vers de 13 ainsi composé 3—5—5.

Dans le vers de 14 coupé ainsi 2—6—6.

Dans celui de 15 coupé 3—6—6.

En voici quelques exemples :

> *Mon cœur,* | *mon petit cœur d'enfant* | *que m'a donné ma mère.*

On voit qu'il suffit que le premier membre de vers soit beaucoup plus court que chacun des autres.

Dans les exemples précités le vers de 12 syllabes se convertira en vers de 10 plus une base, celui de 13 en un vers de 10 plus une base, celui de 14 est un vers de 12 plus une base.

Nous sommes à même de comprendre maintenant l'*effet psychique de la base,* et même de l'*anacruse* laquelle n'est que sa *formation incomplète.* C'est bien celui d'un *prélude.* Dans la base et l'anacruse on se prépare au vers proprement dit, lequel ne commence plus *ex abrupto.* Le mot *base* est aussi très juste, le vers a désormais un *point d'appui* duquel il s'élance, qui lui donne ainsi sa pondération. Enfin le retour de la base à la même place perpétuelle ou alternante est une cause nouvelle d'harmonie.

Il reste le vers *hypercatalectique*. Nous venons de voir que la *catalexe* et le *brachycatalexe* constituent une sorte de *mode mineur*, plus grave. L'*hypercatalexe* qui ajoute une syllabe, au lieu de la retrancher, doit produire l'effet contraire. Dans les langues, en effet, où il n'y a pas de rime féminine, l'*hypercatalexe* en tient lieu.

En latin, il suffit de lire les exemples suivants :

Lenes | que sub | noctem | susur | ri......
Flori | bus co | rona | texi | tur.....
NuncJo | vem lit | emus | ,at | que o | remus | suppli | ces....
Vidimus patriam ruentem nocte funesta.. ...

pour en sentir l'effet spécial.

De même que la rime féminine, elle donne au vers de la douceur, mais une *douceur plus grave*. On peut dire que l'hypercatalexe est à la terminaison féminine ce que la base est à
l'anacruse simple.

Ces trois phénomènes analogues, rime *féminine*, *anacruse* et
base, et *hypercatalexe* ont donc pour résultat phonique de pré-
parer et d'adoucir le commencement du vers ou d'adoucir sa
fin, ils lui procurent, par conséquent, plus de mollesse et de
souplesse.

Tandis que la *catalexe*, rendant sa fin plus abrupte, inspire la
sensation de la dureté, de la tristesse.

Tandis que la sensation, moyenne, normale, est procurée par
l'*acatalexe*.

L'*acatalexe* correspond au mode *majeur* en musique, la *catalexe* au mode *mineur*, l'*hypercatalexe* n'a pas de correspondant.

L'acatalexe et la catalexe existent aussi dans le vers français
sous la forme d'une réduction du nombre des syllabes lorsque
cette réduction est *alternante* ; c'est ce qui a lieu dans le vers dit
iambique français, où l'on fait souvent alterner le vers de huit
syllabes avec celui de douze ; la réduction est tellement forte,
qu'on a peine à y reconnaître la catalexe, et qu'on y sent plutôt
l'alternance d'un nombre différent de syllabes, de vers de
diverses longueurs ; cependant au fond cela revient au même
car l'alternance fait sentir que des syllabes ont été retirées,
d'un vers l'un. On pourrait faire un vers catalectique plus exact,

en diminuant seulement d'une syllabe ou deux le nombre des syllabes du vers précédent.

La catalexe qui n'est qu'accidentelle dans le vers sous le nom de *clausula*, forme comme nous l'avons vu, *l'âme de la stance* et en constitue *l'unité*. C'est ce qui est à la base des strophes latines et grecques, et si dans la strophe française elle est souvent remplacée par le *croisement des rimes* qui peut créer une unité suffisante, elle apparaît encore fréquemment.

La strophe pourrait être plus richement soit catalectique, soit hypercatalectique. Il suffirait de composer une stance dans laquelle chaque vers aurait une syllabe de plus ou de moins que le vers précédent; ce que nous appellerons les vers ascendants ou descendants. En voici un exemple :

vers ascendants

C'est le flot !
Le flot sur la grève !
De l'horizon il se lève,
Entourant çà et là quelque îlot ;
Il s'en vient doucement par caresse molle
S'étaler sur le sable fin et le cajole,
C'est le flot.

vers descendants.

C'est le reflux !
Un vent fraîchi vient de promener partout son haleine ;
La mer a tout couvert, la mer est toute pleine,
Les sables heureux ne s'envolent plus,
La pointe des rochers surnage,
Voici le coquillage,
C'est le reflux.

Enfin le poème lui-même ne constitue son unité qu'au moyen d'une catalexe ou d'une *hypercatalexe strophique*. En effet l'épode vis-à-vis de la strophe et de l'antistrophe est toujours *catalectique* ou *hypercatalectique*.

Le *fondement commun* de cette disposition, c'est la *variété*, le *désaccord momentané* se fondant ensuite dans l'accord.

Mais cela suppose une *catalexe* et une *hypercatalexe alternantes*. Comment expliquer celle qui n'alterne pas ?

Elle s'explique par la sensation d'un manque ou d'une surabondance rythmique. C'est une variété vis-à-vis du rythme ordinaire commun, quoiqu'absent, mais dont on connaît l'impression différente. Seulement cette variété n'est plus résolue en unité. On n'a plus d'effet d'harmonie.

Tout cela concerne le côté *purement rythmique*. Mais au point de vue psychique comment expliquer l'effet de la catalexe, et de l'hypercatalexe ? Toute *lésion*, tout abrègement rythmique entraîne un sentiment psychique de tristesse ; toute *surabondance* rythmique, au contraire, un contentement psychique.

b). — *Poids des syllabes.*

Deux vers peuvent être équivalents, et pourtant tout à fai différents d'aspects et d'impression.

$$ \cdot\cdot \mid \cdot\cdot \mid \cdot\cdot \mid \cdot\cdot \mid \cdot\cup\cup \mid \cdot\cdot $$

ou

$$ \cdot\cup\cup \mid \cdot\cup\cup \mid \cdot\cup\cup \mid \cdot\cup\cup \mid \cdot\cup\cup \mid \cdot\cdot $$

Une divergence aussi grande n'est pas nécessaire. Il suffit de remplacer le dactyle du 5e pied par un spon dée pour avoir le *vers spondaïque* qui produit une impression toute particulière.

L'impression du spondée est toute différente de celle du dactyle, quoique — — égale — $\cup\cup$.

Au point de vue rythmique l'hexamètre composé de dactyles est plus léger, plus vif ; celui composé de spondées, au contraire, plus lourd et plus grave.

Au point de vue psychique, le premier exprime des sentiments gais, heureux, le second des seconds tristes ou très sérieux.

Le vers célèbre : *Quadrupedante putrem sonitu quatit ungula campum* exprime très bien par ses dactyles la rapidité du pas d'un cheval.

C'est de l'harmonie *imitative subjective*.

Le vers célèbre : *Illi inter sese multa vi brachia tollunt* exprime par ses spondées la lenteur de l'effort.

Enfin le vers *spondaïque* : *Œquorex monstrum néréides ad ni-
rantes*, exprime par ce spondée du 5e pied la lenteur de l'admiration.

Nous expliquerons plus loin ce que c'est que l'*onomatopée
subjective*.

Dans l'exemple d'hexamètre cité, il s'agit de composition équivalente, mais différente, de la *thesis*.

L'effet est plus considérable encore quand exceptionnellement
c'est la *longueur de l'arsis* qui est *résolue* en *deux brèves* ; si la
thesis se compose à son tour de brèves, on a le *pied procéleus-
matique* ◡◡◡◡, d'une grande légèreté.

En sens contraire, quand la *brève unique* de la *thesis* est remplacée à certains pieds au moins par une longue, laquelle se
prononce avec plus de rapidité cependant comme *longue condensée*, le vers prend un aspect plus grave et rythmiquement et
psychiquement. Il en est de même quand l'iambe se compose,
aux pieds impairs, de deux longues.

Ce que nous venons d'observer pour les brèves et les longues
s'applique aussi aux syllabes accentuées et aux non accentuées.

Enfin, à côté des syllabes *non accentuées*, se trouvent dans
certaines langues les syllabes *sourdes*, celles marquées par
l'*e muet*. Lorsque ces syllabes s'accumulent dans un vers, elles
donnent à ce vers un aspect voilé, en même temps un affaiblis-
sement, s'il y en a trop. Au contraire, régulièrement alternées
avec les syllabes claires, elles causent un balancement harmonique très heureux, forment des *demi-silences*. Lorsque plusieurs
vers se suivent, ces demi-silences ne doivent pas se trouver au
même endroit dans des vers différents, car alors les vers à demi
rompus au même endroit formeraient de petits vers sans rime.

c). — *Sonorité des syllabes.*

Nous avons vu que la sonorité des syllabes donne naissance
en rythmique 1° à l'*assonance*, 2° à l'*allitération* que nous avons
décrites.

1° *Assonance.*

L'assonance est *finale*; elle est, soit d'une voyelle, soit d'une
voyelle avec la consonne qui précède. Elle relie différents vers
par son retour qui produit un effet acoustique agréable.

Dans certaines rythmiques on ne rime jamais, dans d'autres il n'y a pas de vers sans rime dans d'autres enfin il y a tantôt vers rythmé, tantôt vers blanc, ce qui a lieu dans la versification des langues germaniques.

Dans ce dernier cas, quand choisit-on le *vers rimé*, et quand le *vers blanc?* Le second surtout dans l'imitation des vers antiques, et lorsque le rythme est dactylique ou anapestique, le premier dans la poésie indigène, et lorsque le vers, conformément au génie propre de la langue, est iambique ou trochaïque.

D'ailleurs le vers rimé est surtout lyrique.

Quel est l'influence de l'assonance sur l'élément psychique?

Nous savons qu'il y a deux sortes d'assonances: l'assonance rythmique affectant la dernière *syllabe* du mot, l'*assonance psychique* qui consiste dans la répétition d'un mot conservant le même sens; nous avons trouvé des exemples nombreux de cette assonance psychique dans le rondeau, etc.; l'assonance psychique peut en matière de poème aller jusqu'à la *répétition d'un vers entier* ou d'une *stance entière*.

La *rime* phonique peut déterminer la rime psychique et y aboutir; c'est ce qui a lieu dans la sextine.

Mais la question que nous examinons ici est tout autre. Quelle est l'*impression psychique* qui résulte de la *rime* phonique? Quelle résistance l'élément psychique apporte-t-il à cette influence et quelle est sa réaction?

La rime phonique, en amenant le retour des mêmes sons dispose la pensée à revenir au même sentiment, toute rime renferme donc le *leitmotiv* du distique si elle se borne à deux vers, celui de la stance si elle comprend un plus grand nombre de vers, celui du poème si elle revient dans chaque stance; les vers frappés de la même rime contiennent l'impression dominante. Ils peuvent en venir à aboutir au même mot; comme dans la sextine.

Mais l'*élément psychique résiste* et refuse de se laisser entraîner, et autant les fins de vers se rapprochent par le son, autant les mots qui portent la rime doivent s'éloigner par le sens. *Cela forme l'harmonie discordante entre la rime psychique et la rime phonique.*

Cette harmonie discordante est de la plus haute importance. Le charme de la rime consiste dans une *sensation de surprise,*

d'imprévu; or cette sensation n'existe plus si les mots qui
riment sont très rapprochés quant au sens, quand même au
point de vue phonique la rime serait très riche. C'est ce qui fait
que la rime entre les différents dérivés d'une même racine est
interdite. C'est ce qui fait aussi que celle entre les mêmes éléments de dérivation est très pauvre, quoique matériellement
elle puisse être très riche. En français les adverbes en *ment*
sont innombrables, aussi ne doit-on guère les faire rimer ensemble. Si l'on ne tenait compte que de l'élément phonique,
une telle interdiction ne se comprendrait pas. Mais l'élément
psychique a agi ici. Faire rimer ensemble deux adverbes en
ment, c'est étymologiquement faire rimer un substantif avec
lui-même, car *ment* n'est autre que le substantif *mente*. Il en
est de même des substantifs en *ure*; si l'on en fait rimer deux ensemble, sans ajouter la consonnance de la consonne d'appui,
c'est *la rime d'un suffixe de dérivation avec lui-même.* Or, un
mot ne peut rimer avec soi, comme dans les alliances familiales
l'union ne doit pas se faire ici entre trop proches parents, il n'y
aurait plus accord, mais identité.

Ce principe de l'*harmonie discordante* entre le sens et la rime
est très important, lui seul cause le *plaisir esthétique de la surprise,* et de plus il explique la raison d'être de la rime riche, et
en même temps la suffisance dans certain cas de la rime pauvre.

La rime riche consistant dans l'addition de la consonne d'appui n'est pas nécessaire, d'abord au point de vue phonique,
comme on le croit communément, perdant de vue la nature de
l'exception qui autorise quelquefois la rime pauvre, mais principalement au point de vue psychique. Voici comment. Deux
mots en *ure* ne peuvent rimer entre eux, parce que : *ure* n'est
qu'un suffixe, et si l'on s'en contente, il y a alors en réalité un
suffixe qui rime avec lui-même et par conséquent, non un
accord, mais une *identité*; il faudra alors deux mots en *bure*, ou
deux mots en *cure*, parce qu'alors le *b* et le *c* appartiennent à
des radicaux. Deux rimes en *ture* suffiront, mais alors la richesse sera moins grande, parce qu'en vertu du phénomène
grammatical d'*adhérence* la désinence *ture* peut être considérée
dans son ensemble comme un suffixe, alors on fera bien d'ajouter aussi la voyelle précédente. Cela est plus frappant encore
dans les désinences adverbiales en *ment*. Pour que deux

adverbes ainsi terminés riment réellement ensemble, il faut que l'avant dernière syllabe rime aussi.

Une exception se pose d'elle-même. La désinence de dérivation rime bien avec une désinence identique, quand l'un des mots est substantif et l'autre adverbe, par exemple *tourment* avec *bravement*, quoique le suffixe soit le même en français; c'est qu'originement il différait : *mentum, mente*, et que de plus il s'agit de diverses parties du discours, ce qui éloigne le sens.

D'un autre côté, les dérivés d'un même mot par des préfixations d'affixes différents ne peuvent rimer ensemble; cela tient à la même raison psychique, car la rime phonique serait permise si le sens d'abord étymologiquement le même avait depuis beaucoup divergé : *temps* et *printemps*; *céder* et *intercéder*; alors l'origine commune est effacée; il en est de même aussi si les mots appartiennent à différentes parties du discours : *bien* substantif et *bien* adverbe; cet écart de sens suffit pour détruire l'identité.

Il est donc inexact de dire que la rime riche a été exigée principalement pour détruire la trop grande facilité du vers, ou bien pour satisfaire complètement l'oreille (de ce second point nous allons donner une preuve tout-à-l'heure); son vrai motif est tout psychique, c'est celui d'empêcher l'identité totale ou partielle de sens entre les mots qui ont l'identité totale ou partielle de son.

C'est pour le même motif que non seulement la rime normale, mais la rime pauvre, c'est-à-dire celle ne consistant que dans l'identité de la voyelle finale, est suffisante quand les mots qui finissent les vers sont des *monosyllabes*. Par la force des choses les monosyllabes sont toujours des racines ou des radicaux, soit réels et primitifs, soit apparents et hystérogènes; *or comme la consonne d'appui n'est exigée que pour empêcher l'identité des suffixes, elle n'est plus nécessaire ici où il n'y a plus de suffixe.*

Sans doute, si cette exception n'existait que lorsque les monosyllabes riment entre eux, on pourrait dire que l'exception a plutôt la nature d'une licence poétique et tend à compenser la rareté des rimes des mots monosyllabiques; mais comme elle s'étend à la rime entre monosyllabe et polysyllabe, cette raison ne peut prévaloir.

Si la rime riche avait été exigée pour une plus grande plénitude de son, l'exception relative aux monosyllabes n'aurait pas eu lieu. Nous croyons en avoir bien saisi la véritable cause.

La règle est celle de la divergence quant au sens des mots en rime quant au son. Il en résulte interdiction de faire rimer un mot 1° avec lui-même, 2° avec ses dérivés et composés, 3° avec un autre suffixe identique, à moins qu'une différenciation ne soit née dans le sens, 1° par une acception usuelle différente, 2° par le classement dans une autre partie du discours, 3° par l'addition d'une consonne d'appui empruntée à la racine précédente.

Plus les mots rimant quant aux phonèmes sont éloignés quant aux sens, meilleure est la rime, parce que le charme de la surprise augmente; cet effet se produit presque forcément dans les monosyllabes, ce qui permet de diminuer, par contre, la rime phonique.

Telle est l'*harmonie discordante* entre la *rime phonique* et la *rime psychique*·

Il y a, au contraire, harmonie concordante ci-dessus décrite, dans la sextine.

b). — Dans l'allitération.

Nous avons décrit le rôle rythmique de l'allitération qui est de relier entre elles deux *Kurzeilen* dans une *langzeile*.

Mais il y a une *allitération* toute psychique que nous aurions décrit au titre de l'élément psychique, si elle ne se réalisait en dehors de la pensée par le vers lui-même; et d'un autre côté il y a l'*effet psychique de l'allitération rythmique.*

Occupons nous d'abord de l'*allitération psychique objective.*

C'est l'*onomatopée*; elle consiste à peindre les objets par les sons répétés.

Il suffit de citer le vers fameux.

Pour qui sont ces serpents qui sifflent sur vos têtes.....

Il faisait sonner sa sonnette.

Et surtout les suivants :

Un frais parfum sortait des touffes d'asphodèles;
Les souffles de la nuit flottaient sur Galgala.

L'*s* imite par onomatopée le sifflement du serpent; l'*f* le souffle de la bouche directement, et indirectement le parfum qui nous est apporté par un souffle de l'air.

Les vers latins, contiennent de nombreux cas de cette onomatopée.

> *Sibila lambebant linguis vibrantibus ora* (V).....
> *Unda levi sommum suadebit inire susurro.*

La répétition de l's imite dans le premiers vers les sifflements, dans le second le bruit du ruisseau.

> *Insonuere cavæ gemitum que dedere cavernæ* (V.)

Ici la répétition de l'*e* imite matériellement le bruit de l'*écho.*

> *Tum ferri rigor et argula lamina serræ.*

Ici la répétition des *r* imite le bruit des vibrations de la scie.

> *Tam multa in tectis crepitans salit horrida grando.*

La répétition à la fois des *t* et des *r* imite la chute de la grêle, son choc et son frottement ; le *t* imite le choc, l'*r* le frottement.

Telle est l'onomatopée que nous appelons *objective*, par opposition à celle que nous allons expliquer tout-à-l'heure.

L'allitération qui réalise cette onomatopée ne se borne pas, comme celle toute phonique, au commencement des mots ; elle peut les affecter en leur milieu. D'un autre côté, elle ne se borne pas aux consonnes, mais s'applique aussi aux voyelles.

Elle comprend donc l'allitération proprement dite et l'assonance. Nous avons cité un cas d'assonance dans :

> *Insonuere cavæ,* etc.

Nous n'insisterons pas sur l'onomatopée objective qui est bien connue, mais dont l'application est très bornée. Remarquons seulement, avant de terminer, que la même voyelle peut imiter des sons différents, comme l's qui imite soit le sifflement, soit le bruissement du ruisseau, comme *r* qui imite le *bruit* de la *scie* et le *frottement* de la *grêle.*

Nous arrivons à l'*onomatopée subjective,* laquelle n'est plus

de nature matérielle, mais n'est autre que l'effet psychique latent qui se dégage de l'allitération purement phonique.

Qu'est-ce que l'*onomatopée subjective !*

Dans le vers français suivant :

> *Elle meurt dans mes bras d'un mal qu'elle me cache.*

Il n'y a l'imitation d'aucun des bruits de la nature.

Pourtant la répétition des *m* produit un grand effet psychique, celui d'un sentiment caché, étouffé, et d'autant plus
intense. Comment l'*m* peut-il produire un tel effet ?

L'*m* est une consonne, au point de vue physiologique de sa
production, essentiellement fermée, en ce sens que la bouche se
ferme entièrement en la prononçant ; l'air ne s'échappe plus
que par le nez après avoir dans une voie rétrograde traversé
toute la cavité de la bouche. Dans une onomatopée matérielle
et objective, il figurerait le mugissement. Cette disposition la
rend propre à exprimer d'une manière indirecte les sentiments
fermés, par conséquent cachés, muets, pour ainsi dire, s'exprimant en dedans.

Il ne s'agit donc plus ici du bruit de la voyelle ou de la consonne comparé au bruit de l'objet, il s'agit du caractère physiologique de la prononciation du phomène comparé au caractère
psychique du sentiment.

Beaucoup des cas cités comme onomatopée objective appartiennent en réalité à celle-ci, à l'onomatopée subjective.

Pourquoi lui donnons-nous ce nom de subjective ?

Parce qu'elle n'a rien de commun avec le bruit d'un objet
matériel, mais exprime seulement le caractère du sentiment,
lequel est tout subjectif.

Voici des exemples d'onomatopée subjective, ou autrement
dit, de l'effet psychique produit par la répétition soit de la même
voyelle soit de la même consonne dans le corps du vers.

> *Tout m'afflige et me nuit et conspire à me nuire.*

L'effet de ce vers consiste dans le rapprochement de la production physiologique de l'*i* avec le sentiment pénible. L'*i* est
de toutes les voyelles la plus resserrée ; la langue y touche

presque le palais, le souffle ne passe que par un très étroit espace. De même, le sentiment pénible de la tristesse est un resserrement psychique, une véritable systole, une anxiété. Il y a donc coïncidence entre le caractère du son et celui du sentiment.

Ce qui prouve que l'effet psychique souvent n'a pas été cherché, mais est né la plupart du temps comme résultante de l'allitération déjà faite, c'est que l'allitération se borne souvent à la répétition une seule fois du même son.

> *Comme une étoile ayant la forme d'une femme.....*
> *On voyait chauds encor fumer les fers de lame......*
> *Si le grain pouvait voir la meule prête à moudre.....*

L'allitération est quelquefois double.

Ces immortels penchés parlaient aux immortelles.

Où il y a allitération à la fois du *p* et du *t*.

Dans ces vers nous assistons à des états embryonnaires de l'onomatopée subjective, c'est-à-dire aux points où l'allitération d'abord purement rythmique s'accumule et commence à produire un effet psychique.

Bientôt elle devient plus riche, et les exemples en abondent dans le vers français.

> *Je mourrai, mais au moins ma mort te vengera.......*
> *Oh ! Narcisse, tu sais si de la servitude......*
> *Des portes du palais elle sort éperdue.....*
> *Mais fidèles, mais fier, mais même un peu farouche......*
> *Je ne prends point pour juge un peuple téméraire.. ...*
> *Plus tard quand ils seront loin du père et partis,*
> *Tu diras en pleurant : oh ! s'ils étaient petits.*

Il serait facile de donner l'explication de l'effet psychique de toutes ces allitérations.

Dans le premier vers l'accumulation des *m*, phonème fermé, exprime la sensation d'une vengeance fermée, latente, reculée jusqu'à la mort.

Dans le second l'accumulation des *s* exprime un sentiment contenu, serré, près à éclater; l's lui-même est un phonème resserré, plein d'effort.

Dans le troisième, le *p* est un phonème qui éclate et s'ouvre en se produisant à l'extérieur, il exprime bien l'ouverture des portes. Ici l'on revient à l'onomatopée objective.

> *Il vivait là chassant, rêvant parmi les branches.....*
> *Secouaient dans le jour des gouttes de rosée.....*

La répétition de la voyelle nasale *ant*, indique la persistance, l'habitude de l'action, l'*an* se produisant physiologiquement avec une certaine amplitude et lenteur venant de l'étendue du résonnateur à la fois nasal et buccal.

Celle de l'*ou*, voyelle d'expansion, dans laquelle les lèvres se prolongent en avant, exprime bien la chute des gouttes.

Quelquefois il n'y a pas de rapport direct entre la production du phonème et le sentiment, mais seulement indirect en ce sens que la répétition du phonème indique la répétition et la généralité de l'action, et en ce que le phonème répété est produit par un choc des organes, choc qui répété indique très bien la répétition C'est ce qui se produit dans les vers suivants :

> *Aux petits des oiseaux il donne la pâture,*
> *Et sa bonté s'étend sur toute la nature.*

En latin l'onomatopée subjective est très fréquente, soit sous forme d'allitération, soit sous celle d'assonance.

> *Mærentes, flentes, lacrymantes, commiserentes.*

Ici il y a cette accumulation des nasales qui exprime la morosité du sentiment.

> *Vales*, tibi habeas res tuas, reddas meas.....*
> *Ab illa quæ digitos despoliet suos et tuos digitos decoret.....*
> *Sæpe est etiam sub palliolo sordido sapientia.....*
> *Jam deliramenta loquitur, laruæ stimulant virum.....*

Il serait souvent difficile de dire où la satisfaction purement phonique de la répétition du même son finit, et où la satisfaction psychique de l'onomatopée subjective commence.

L'onomatopée subjective ne consiste pas seulement dans la sonorité des différents phonèmes ; elle résulte aussi des interruptions de phonèmes et des silences, des suspensions et des élisions.

On connaît le vers célèbre :

Monstrum horrendum, informe, ingens, cui lumen ademptum ;

où les élisions accumulées sont d'un si puissant effet.

Mais on a pris pour une onomatopée objective dans ce vers ce qui n'est qu'une onomatopée subjective.

Nous avons remarqué ailleurs l'harmonie imitative qui résulte des césures, des emjambements, et aussi du choix entre le dactyle et le spondée.

Nous voulons parler en terminant de l'effet que peuvent produire, au point de vue de l'harmonie imitative, soit subjective, soit objective, deux procédés d'ordinaire vicieux : 1° *les accumulations de consonnes*, 2° *les hiatus.*

L'accumulation des consonnes rend le vers dur, et à ce titre doit être bannie ; mais cette dureté peut être bonne, soit pour peindre les objets, soit pour correspondre à un sentiment pénible ; dans les deux cas elle doit être employée.

L'hiatus, toujours proscrit, est pourtant quelquefois légitime, non-seulement au point de vue phonique, parce que quelquefois il est harmonieux, mais aussi au point de vue psychique, parce qu'il exprime un sentiment pénible et surtout un effort.

Telles sont les effets psychiques de la sonorité des phonèmes. Ici dans l'onomatopée subjective, l'impulsion est donnée par l'élément phonique. Dans l'objective, au contraire, c'est l'élément psychique qui agit et domine.

C. *Application à l'élément lieu ou harmonie.*

Comment l'harmonie soit concordante, soit discordante, qui constitue l'unité rythmique, le lien du vers, peut-elle déterminer un effet psychique, différent suivant ses différents genres ? Comment à son tour l'élément psychique y résiste-il ?

Comme nous l'avons vu, l'harmonie soit concordante et immédiate, soit discordante et différée, soit renforcée, a lieu dans les divers éléments du temps ou de la syllabe. Il importe de reprendre en détail cette théorie.

Dans le temps, il y a *harmonie concordante* quand tous les vers sont de même longueur, quand l'*arsis* et le *thesis* ont dans tous les même position respective, quand ils sont entre eux dans la même proportion, quand le nombre des *arsis* est le même, quand les *thesis* sont partout conservées ou partout supprimées; il y a *harmonie différée* quand dans deux vers consécutifs tous ces éléments ou l'un d'eux diffère, pour redevenir les mêmes dans un vers subséquent, ce qui constitue l'*alternance*. Il y a *harmonie renforcée* quand au milieu de ces alternances *trois vers consécutifs* ont le *même dessin rythm'que*.

L'harmonie concordante et immédiate sur l'un de ces points n'a pas le même effet psychique que l'harmonie différée. Celle-ci, de même qu'elle varie le rythme, varie la pensée, lui donne plus de vivacité, et en même temps amène un retour par le raccord qui suit le discord.

Le *mélange du genre trochaïque et du genre iambique*, par exemple, qui amène *une interversion singulière de rythme* amène en même temps une *interversion de sentiment et de pensée*, laquelle est très remarquable, surtout lorsqu'elle a lieu dans l'intervalle du même vers. Il suffit d'enlever tout repos rythmique pour précipiter la pensée.

Mais d'une manière plus générale, l'harmonie discordante est certainement une altération de l'harmonie concordante ; elle est hystérogène et naît d'une rythmique plus savante ; or, cette altération rythmique donne aussi un sentiment plus troublé, moins puissant dans son repos, mais plus agissant. L'harmonie concordante donne un état psychique en repos, l'harmonie discordante dans l'élément *temps* donne un état psychique en mouvement.

Si de l'élément *temps* nous passons à l'élément *syllabe*, nous observons le même fait. Soit dans le nombre, soit dans l'intensité, soit dans la sonorité, la syllabe, si elle est en harmonie simple, si par exemple dans un hexamètre tous les dactyles sont à la même place, tous les spondées à la même, si tous les vers sont acatalectiques, s'ils sont tous à rime masculine, ou féminine alternativement et si ces rimes sont plates, alors le sentiment est fixe, pondéré, successif, ce qui ne l'empêche pas d'être violent ; dans les cas contraires, les sentiments sont mêlés, enchevêtrés, complexes, très mobiles ; si

l'on va plus loin que l'alternance, si l'harmonie est différée au
delà de plusieurs ve..., l'attente excite encore le sentiment,
comme il a assoiffé le besoin rythmique, les mouvements psychiques ont plus d'amplitude. En un mot, l'état syllabique
rythmique influe sur l'état psychique.

Le distique élégiaque fait bien ressortir cet effet, celui de
l'harmonie discordante. L'hexamètre inspire un sentiment plein,
tranquille, normal; le pentamètre qui suit, un sentiment tronqué,
troublé, anormal, jusqu'à ce que l'harmonie, autant de la pensée
que du rythme, soit rétablie par l'hexamètre suivant.

L'harmonie renforcée (un exemple frappant en est le *ternaire*) a
un profond effet psychique. Cet effet consiste à insister singulièrement sur un sentiment, il l'accentue, en procure une impression *morose*. La rime trois fois répétée inculque fortement ce
sentiment ou la pensée, les grave.

Dans tous ces cas l'élément psychique suit tous les contours
du rythme, ou plutôt le rythme détermine la direction de la
pensée. Quelquefois il se produit tout autre chose. L'élément
psychique résiste, il est en harmonie discordante avec l'harmonie
soit concordante, soit discordante du rythme, c'est ce qu'on
peut observer dans le *pantoun*.

Dans ce poème les vers sont à rimes croisées, c'est-à-dire à
harmonie de rime différée dans la même stance, mais cette harmonie différée est résolue dans la stance même par un accord
final. Au contraire, il n'y a pas d'accord psychique, mais désaccord complet entre les vers qui forment l'accord rythmique, il n'y
y a accord phonique précisément qu'entre les vers qui sont en
désaccord psychique (1er et 3e, 2e et 4e).

Action du mouvement rythmique sur l'élément psychique.

Nous n'avons qu'un mot à dire sur ce point.

Nous savons que *le mouvement est le rapport entre le temps et le
nombre de syllabes*, autrement consiste dans le nombre de syllabes prononcées dans la même unité de temps.

Lorsque plus de syllabes se prononcent dans le même temps,
par exemple quand une mesure se compose d'un dactyle au
lieu de se composer d'un spondée le mouvement plus vif
entraine un sentiment plus vif. Cela est si vrai qu'en supposant
l'expression d'un sentiment triste dans les deux cas, ce sen-

timent sera mouvementé, vif, varié, au lieu d'être lourd, uniforme et morose qu'il aurait été avec les spondées. Les passions opèrent par mouvements, de même que les rythmes, de même que les sons musicaux ; il y a certaine correspondance de tout cela.

Cela est si vrai que c'est surtout par les oscillations de mouvements que la musique peut rendre les sentiments ; elle ne le peut nullement d'une manière directe ; mais quand le mouvement musical et le mouvement passionnel *coïncident*, l'un met l'autre en branle. Il en est ainsi du mouvement rythmique

En rythmique, il y a à côté des *mouvements uniformes*, les *variés* qu'on rencontre dans les *vers libres*. Les vers libres produisent des mouvements psychiques tout à fait divers ; le sentiment s'apaise lorsque le mouvement devient lent, il repart vivement lorsque le rythme est plus vif. Ils conviennent pour exprimer les fluctuations de pensées ou l'imprévu du récit, comme dans les fables. Ils donnent aussi des mouvements lyriques très rapides, un peu désordonnés, ce qui importe alors. Or ce qui convient pour exprimer telles ou telles pensées, a aussi la puissance de les faire naître.

Mais nous anticipons, car cela concerne la stance et non les vers proprement dits.

PARAGRAPHE DEUXIÈME.

APPLICATION DANS LA STROPHE.

Le *rythme de la strophe* détermine des effets psychiques particuliers ; cependant quelquefois l'élément psychique résiste, quelquefois même il réagit et impose sa volonté au rythme, ce n'est que plus loin que nous examinerons les réactions, il s'agit ici de l'action seulement et de la résistance à l'action.

La *stance* est une unité naturelle phonique, c'est aussi une *unité naturelle psychique*, mais la stance phonique détermine, 1° telle ou telle impression différente ; 2° souvent même une unité, une stance psychique, laquelle pourtant n'existe pas toujours, car nous avons vu que certaines stances seulement sont à la fois rythmiques et psychiques, certaines autres simplement psychiques, mais qu'il y en a aussi de purement phoniques.

La stance purement phonique peut finir par faire naître une stance psychique, quand la richesse de la rime *phonique,* quand son agencement partout uniforme et répété dans le poème, finit par amener le retour des mêmes mots ; c'est ainsi que nous avons remarqué une *sextine phonique* à côté de la *sextine psychique;* mais ici nous anticipons encore, car il s'agit d'un poème.

Mais cet effet est exceptionnel ; l'effet normal que nous observions, c'est l'*effet psychique produit par la strophe.*

Tout d'abord la strophe dans sa structure élémentaire, c'est-à-dire réalisant son unité intérieure, soit par un dernier vers *clausule* plus long ou plus court que chacun des précédents, soit par une rime, résolution d'une harmonie discordante et embrassant toutes les autres rimes, amène une *pensée finale embrassant les autres,* en donnant la *conclusion,* en général, plus courte, plus serrée, ce qu'on appelle le *trait.*

C'est une *règle esthétique de la strophe* que les vers doivent être en *gradation psychique,* ou que, tout au moins, la pensée, le sentiment, l'image du dernier vers doivent l'emporter sur ceux des autres, sans quoi il n'y a plus d'unité psychique, mais une unité purement matérielle. Cette règle esthétique est la résultante de la règle identique phonique de la *clausule* ou de la *rime embrassante.*

De même l'*intérieur de la strophe* ne doit pas se terminer, se compléter phoniquement au milieu ; il n'y a pas de strophes à rimes plates, si ces rimes plates se terminent au milieu de la strophe ; de même il n'y a pas de clausule au milieu de la strophe ; une strophe coupée rythmiquement en deux n'est plus une strophe. Cette règle rythmique entraîne celle psychique qui veut que le sens de la strophe ne soit fini qu'à la fin, qui défend de le terminer au milieu.

Enfin la strophe doit rythmiquement finir avec elle-même, elle ne doit pas se continuer pas dans la strophe suivante ; elle forme un tout complet. Par conséquent, *pas d'élision de strophe à strophe* ; pas de rime réalisant l'harmonie *différée* de strophe à strophe. Cette disposition amène une disposition psychique analogue. *Le sens ne doit pas enjamber d'une strophe sur l'autre;* il faut qu'à la fin de chaque strophe il soit complet.

Mais quelquefois l'*élément psychique est rebelle*, il refuse de suivre exactement ce dessin rythmique.

Nous avons vu pareille révolte en ce qui concerne le vers dans l'enjambement et la coupure trimétrique irrégulière des romantiques. En d'autres termes, il y a alors dans la stance *harmonie discordante, différée*, entre l'élément psychique et l'élément phonique; les deux rythmes ne coïncident plus dans toute leur étendue.

Dans la *strophe française*, l'harmonie entre ces deux éléments est *simple et concordante*. Le sens, au moins, n'empiète que très rarement d'une stance sur l'autre. Une nécessité rythmique a causé cette harmonie discordante. Le rythme phonique en français est moins fortement marqué qu'en grec et en latin; il faut donc que l'élément psychique vienne à l'aide, il ne peut le faire qu'en concordant avec l'élément phonique.

Nous disons que la strophe empiète rarement sur une autre strophe, cependant cela arrive quelquefois, il y a alors, par exception, *harmonie discordante de strophe à strophe entre l'élément rythmique et l'élément psychique*. Cette discordance est résolue à la fin de la seconde strophe. Elle a pour résultat de lier fortement les deux ensemble.

Mais en français l'unité de la strophe empêche de vers à vers l'harmonie discordante entre le rythme et la pensée qu'on appelle l'enjambement; cela tient surtout à l'unité du poème; pour cette unité, toutes les strophes doivent se ressembler; elles ne le feraient plus d'une manière sensible, si leurs divisions intérieures, celles de leurs vers n'étaient pas marquées fortement, c'est-à-dire à la fois psychiquement et rythmiquement.

De même que les vers latins et grecs diffèrent profondément du vers français quant à la césure, en ce sens que cette césure, au lieu de faire coïncider le repos du son et celui du sens, les fait continuellement *discorder*, de même *la strophe primitive grecque* établit partout cette *harmonie discordante* entre les deux éléments. Non-seulement les coupures rythmiques intérieures ne correspondent pas avec les psychiques, mais il n'y a nul arrêt psychique à la fin de la strophe; le sens court librement.

Nous empruntons à Becq de Fouquiers, p. 355, le tableau de cette disharmonie de l'élément rythmique et de l'élément psychique dans la 9ᵉ Olympique de Pindare. P indique les périodes mélodiques complètes, composées chacune d'une strophe, d'une antistrophe et d'une épode ; c indique les concordances, et d les discordances.

P¹			P²			P³			P⁴		
S¹	A¹	E¹	S²	A²	E²	S³	A³	E³	S⁴	A⁴	E⁴
c	c	d	d	d	d	c	c	d	d	d	d

On voit par ce schème qu'entre la première période et la seconde, entre la strophe et l'antistrophe, entre l'antistrophe et l'épode de la seconde, entre l'antistrophe et l'épode de la troisième période, entre la troisième et la quatrième période, entre l'antistrophe et l'épode de la quatrième période, il y a discordance ; la discordance entre les deux premières périodes est résolue par une concordance à la fin de la seconde période.

Il y a donc empiètement à la fois d'une période sur l'autre, et d'un élément d'une période sur un autre élément.

Ce désaccord du repos phonique et du repos psychique dans la strophe grecque opposé à leur accord dans la strophe française est très remarquable ; nous en avons expliqué ailleurs la cause mécanique.

Dans certains poèmes ou dans certaines strophes françaises, par exception il y a harmonie discordante entre les repos du sens et les repos du rythme, et c'est précisément ce résultat singulier, ce discord, qui établit l'unité strophique. Plus exactement la continuité rythmique et la continuité psychique se relaient pour causer une continuité certaine, donc une unité. Cela s'observe dans le *dizain français*. Dans cette strophe le 1ᵉʳ vers rime avec le 3ᵉ ; le 2ᵉ, le 4ᵉ et le 5ᵉ riment ensemble ; de même le 6ᵉ, le 7ᵉ et le 9ᵉ ; de même enfin le 8ᵉ et le 10ᵉ. Il y a discontinuité rythmique, par conséquent, entre le 5ᵉ et le 6ᵉ, car à cet endroit le système de rimes précédent est complété et on entre dans un second système ; hé bien ! il faut que cette discontinuité rythmique soit compensée par une continuité psychique très forte, que le sens du 5ᵉ vers est celui du 9ᵉ se tiennent étroitement serrés. Il y a unité strophique alternante, car, par contre, le vers peut être discontinu aux endroits où l'harmonie rythmique n'est pas suspendue, c'est-à-dire où le rythme continue à courir.

Dans une formule de strophes allemande nous trouverons le même principe.

PARAGRAPHE TROISIÈME

APPLICATION DANS LE POÈME

Le *poème*, lorsqu'il forme une unité véritable, exerce une influence sur l'élément psychique. Nous savons qu'il se compose originairement, comme la strophe elle-même, d'une *strophe*, d'une *antistrophe* et d'une *épode*, et nous avons observé ce *processus* dans la *ballade*, la *chanson*, etc., tous poèmes dits à *forme fixe*. Le poème, en effet, n'est que la strophe développée et répétée.

L'harmonie qui forme ainsi le poème est concordante dans le poème à forme non fixe qui se déroule en vers uniformes ou en stances uniformes, sans strophes, antistrophes et épodes, mais dans le cas contraire elle est différée, comme dans le sonnet et la ballade.

Le poème à *forme fixe rythmique* engendrera souvent le poème à *forme fixe psychique*, ainsi que nous venons de l'observer sur la strophe.

Mais de plus la forme rythmique du poème aura une grande influence sur l'élément psychique.

Le poème sans forme fixe rythmique, ou poème à harmonie immédiate, exprimera les sentiments calmes, ayant une grande étendue, une amplitude indéfinie, les récits, les longues descriptions, les poèmes didactiques. Celui à forme fixe rythmique exprimera les sentiments bornés à un seul point, d'une amplitude bornée, resserrés, mouvementés.

Plus en détail, pour ceux-ci le rythme, par son uniformité de rimes, attirera une uniformité de pensées, un retour incessant de sentiments, par son épode établira la résultante de tous ses sentiments composants ; bien plus, et c'est ici que l'influence rythmique sur l'élément psychique va beaucoup plus loin dans le poème entier qu'ailleurs, elle amène forcément le poème à forme fixe psychique, le vers entier refrain de chaque strophe.

Dans le sonnet, la rime exacte de chaque vers de la strophe avec chaque vers de l'antistrophe fait que deux sentiments se répondent dans les deux quatrains.

Dans le tercet, l'harmonie suspendue entraîne le sens à se suspendre entre les deux stances ; quelquefois l'élément psychique ne suit pas cette suspension, et il y a alors une harmonie discordante entre les deux éléments. Les deux sont résolues enfin dans le dernier vers.

Le rythme de la ballade par ses fréquents retours est propre à exprimer le souvenir et la mélancolie.

Le rythme du virelai ancien par son changement rythmique entraîne à exprimer comme sentiments les changements psychiques, les regrets, les remords, les contrastes.

En un mot, chaque poème à forme fixe entraîne presque forcément un sentiment qui n'appartiendrait pas aussi bien à un autre poème.

Il nous reste à étudier l'influence de l'élément psychique sur l'élément rythmique.

SECTION DEUXIÈME

ACTION DE CHAQUE ÉLÉMENT PSYCHIQUE SUR L'ÉLÉMENT RYTHMIQUE.

En étudiant l'action contraire, celle de l'élément rythmique sur l'élément psychique, nous avons virtuellement étudié celle-ci, car l'action décrite est *essentiellement réversible*.

En effet, si telle forme rythmique appelle nécessairement telle impression ou tel emploi psychique, l'idée psychique à son tour exigera aussi tel ou tel rythme.

Quelquefois l'un ou l'autre élément résiste à cette accommodation ; c'est ce que nous avons remarqué à propos de la césure romantique où le sens court lorsque le rythme s'arrête ; le rythme résiste aussi quelquefois à la pensée poétique, mais c'est tout à fait exceptionnel.

C'est en vertu de cette accommodation que la poésie épique appelle l'alexandrin ou l'hexamètre, que la poésie scénique appelait l'iambe libre, intermédiaire entre la prose et la poésie. C'est aussi par elle que la pensée, quand elle a besoin d'harmonie imitative, évoque l'allitération.

Lorsque l'élément phonique désobéit au psychique, il y a rébellion, anarchie; la poésie n'existe plus dans son unité harmonique.

Nous avons analysé, tant dans la présente étude que dans nos études précédentes intitulées *essai de rythmique comparée*, et *des unités rythmiques supérieures au vers*, tous les éléments phoniques et psychiques des unités poétiques, ainsi que l'action des uns sur les autres, et celle réciproque de la psychique et de la rythmique phonique; il nous reste à examiner les vers, les strophes et les poèmes dans leur unité concrète, chez les peuples où ils sont suffisamment connus.

Cette observation fera l'objet d'études monographiques ultérieures.

Dans d'autres études, nous analyserons enfin les points les plus curieux de la rythmique que nous n'avons pu comprendre qu'en leur ensemble dans la présente synthèse, de sorte que notre construction synthétique aura pour contre-partie une série d'études analytiques.

Documents manquants (pages, cahiers...)
NF Z 43-120-13

www.ingramcontent.com/pod-product-compliance
Lightning Source LLC
Chambersburg PA
CBHW060821250626
47162CB00005B/1888